世界名犬训养宝典

犬中女王——
喜乐蒂牧羊犬

宠物印象工作室 / 师晓蕾　编著

山东美术出版社

图书在版编目（CIP）数据

犬中女王——喜乐蒂牧羊犬/师晓蕾编著.—济南：山
东美术出版社，2008.6
ISBN 978-7-5330-2504-5

Ⅰ.犬…　Ⅱ.师…　Ⅲ.犬—驯养　Ⅳ.S829.2

中国版本图书馆CIP数据核字（2008）第070983号

策　　划：万　宾　一　力
摄　　影：锥　光
责任编辑：韩　健
装帧设计：灵动视线

出版发行：山东美术出版社
　　　　　济南市胜利大街39号（邮编：250001）
　　　　　http：//www.sdmspub.com
　　　　　E-mail：sdmscbs@163.com
　　　　　电话：（0531）82098268　传真：（0531）82066185
　　　　　山东美术出版社发行部
　　　　　济南市顺河商业街1号楼（邮编：250001）
　　　　　电话：（0531）86193019　86193028
制版印刷：山东新华印刷厂德州厂
开　　本：889毫米×1194毫米　24开　6.5印张
版　　次：2008年9月第1版　2008年9月第1次印刷
定　　价：25.00元

前　言

　　初次见到喜乐蒂牧羊犬的人，一定会被它的气质和外表所吸引。它的外表似乎是柔弱的，但它却是工作犬，曾经在谢德兰的岛屿上以牧羊为主要工作。虽然有着工作犬的身份，可是它那如同水晶般的眼睛、高贵的气质及华丽的被毛，很容易便让人们忘却了它的本职工作，只想把它一把搂在怀中，久久不愿放开！

　　"犬中女王"这个名字不知道是谁加封给喜乐蒂牧羊犬的，但是这个称呼真的符合喜乐蒂牧羊犬的状态和感觉。当它静止不动时，那种姿态非常像一位矜持又高贵的女王在等待着加冕。所以许多的摄影师在拍摄喜乐蒂时，用得最多的道具基本上都是一个精致又美丽的王冠，也许这就是大众对这个称呼的认可和赞许吧！

　　其实对于喜乐蒂牧羊犬的称呼来说，"犬中女王"只是其中一个，而另一个似乎更贴近了它的本质，那就是"牧羊姑娘"。相对于女王来说，现在的都市人似乎更喜欢"牧羊姑娘"这个名字，因为这个名字让喜乐蒂牧羊犬与我们的距离似乎更近一步。它好像就是我们邻家的小妹，在早出晚归的时候朝你打招呼的小妹，让我们从心里就喜欢它，愿意见到它并呵护它爱它！

　　身为喜乐蒂牧羊犬，对于母犬来说是一种幸福，因为它真的可以在主人的呵护和打扮下变得如公主一般迷人。可是对于公犬来说，这可不是一件多好玩的事情。不过这并不是说喜乐蒂公犬有多么阴柔或是女性化，而是说明喜乐蒂这一犬种的幽雅和敏感已经深深地被广大热爱者所接受和认可了！

　　它的皮毛光滑又柔软温暖，这是它在谢德兰岛上的工作服。

　　它的身材不是很伟岸，却好像可以完成你交给它的各种任务。

　　它的智商很高，可以很好地理解你所教给它的口令。

　　它是喜乐蒂，我们的犬中女王，我们的邻家小妹，我们所喜爱的流行犬种！

　　编者一直认为，养喜乐蒂牧羊犬的人是拥有独特气质的人。因为喜乐蒂牧羊犬带给我们的不只是快乐和开心，它还可以在你有烦恼或问题的时候，静静地陪伴着你，只是静静地陪伴着，好像它懂你所有的心事一般。当你凝望它的双眼时，那份温柔可能会化解你所有的烦恼，甚至好像可以净化你的心灵一样。

　　这本书是专为喜欢喜乐蒂这一犬种的人写的，感谢阅读此书的读者，你们对喜乐蒂牧羊犬的喜爱，让编者有了创作本书的愿望。感谢本书内喜乐蒂牧羊犬的提供者果永亮先生，他对喜乐蒂牧羊犬义无反顾的爱和投入才让本书顺利完成。感谢摄影师锥光先生，他的认真及敬业让我们学到了很多东西。

目录

第一章

它像草原中温柔秀美的牧羊姑娘，静静地站在那里。它有着坚强而淡定的眼神、飘逸在风中的毛发、真诚而灿烂的微笑以及一颗纯真善良的心。外表和内在皆为天使般感觉的喜乐蒂牧羊犬深受人们的喜爱！下面就请跟随我进入有关喜乐蒂牧羊犬知识的课堂来更深入地了解它吧！

中文名：谢德兰牧羊犬
英文名：Shetland Sheepdog
译名：喜乐蒂牧羊犬
AKC分类：牧畜犬组
原产地：英国谢德兰群岛
服从排名：6
寿命：10年—20年
功能：工作犬、伴侣犬

初识喜乐蒂牧羊犬

一、灰姑娘的历史

喜乐蒂牧羊犬原产于英国的谢德兰群岛，因产地原因而得名谢德兰牧羊犬，简称喜乐蒂。这些位于英国的群岛终年气候严寒湿冷，由于土壤贫瘠，耕地有限，畜牧业成为谢德兰群岛居民的主业。由于当地气候恶劣、地形崎岖以及有限的食物等因素，多年来使得当地的动物体型均偏矮小，以出产小型马、微型羊以及小型犬而闻名。几个世纪以来，喜乐蒂牧羊犬一直在谢德兰群岛上担任赶羊群及守卫工作，因为它耐寒、体力好、视野宽阔、聪明、忠实、可靠、使用范围非常广，所以成为了岛上居民的好伙伴。

喜乐蒂牧羊犬属使役犬种，是一种在恶劣环境中产生的犬种。虽然没有充足的食物，它仍然是一种体格强健、工作卖力的犬种。主要分布于英国和北美，它也是在日本最受欢迎的犬种之一。

由于地域限制，喜乐蒂牧羊犬很久以后才被爱犬的人们所认识。直到1908年谢德兰岛首先成立俱乐部，翌年建立苏格兰喜乐蒂牧羊犬俱乐部，19世纪晚期被引进英格兰。1911年引入美国后，深受欢迎，现该犬已遍及世界各国。

第一只在AKC（American Kennel Club）注册的喜乐蒂牧羊犬是1911年注册的"斯科特领主"（Lord Scott），它是一只来自苏格兰的深雕色牧羊犬，它的主人是纽约的John G. Sherman Jr。

二、迷离身世

喜乐蒂牧羊犬在文献中没有记录真正的起源。其血统可以追溯到苏格兰边境牧羊犬流落到谢德兰岛的时期，

当时，苏格兰边境牧羊犬与体型较小的、聪明的长毛型犬交配，并得到缩小比例的品种。后来又不时地与长毛型柯利犬交配。所以，现在的喜乐蒂牧羊犬与长毛型柯利犬在体型和外观上的联系，就像喜乐蒂矮种马与大体型的马之间的关系一样。虽然，喜乐蒂牧羊犬与柯利牧羊犬之间的相同点非常明显，但两者间的差别也很清晰。喜乐蒂牧羊犬是一种小型的、警惕的、粗毛型的长毛工作犬。它的轮廓非常匀称，没有任何地方是特别夸张而与整体比例失调的。雄性会看起来显得雄壮，雌性则显得柔美。

美国养犬俱乐部认为，喜乐蒂牧羊犬与柯利犬一样，源于苏格兰的边境牧羊犬。本犬进驻谢德兰岛后与其他小型的、高智商的长毛品种杂交，生成了体形较小的品种。

三、性格特点

忠诚、温柔、聪明而敏感。

喜乐蒂牧羊犬的个性会因主人的影响而有差异，它们对主人是忠诚而充满热情的，喜乐蒂牧羊犬对陌生人或者是其他的动物，会以较戒备的态度来对待，而且对情绪上的喜怒哀乐表现得甚为敏感，另外也具有小型犬特有的防卫本能与警戒心。当然，个性是受到主人的管教方式及生活环境的影响较大。总的来说，这个犬种十分感性！

四、小身材大智慧

据美国哥伦比亚大学心理学教授Stanley Coren结合208位各地驯狗专家、63名小型动物兽医师、及14名研究警戒犬与护卫狗的专家对各著名犬种进行深入访谈观察，并在Vancover Dog Obedience Club提供的大量相当有价值的资料下，填写了一份非常庞杂的问卷，对犬种的工作服从性和智商进行了排名，其中喜乐蒂牧羊犬名列第六！在训练中，喜乐蒂牧羊犬听到新指令5次，就会了解其含义并轻易记住，主人下达命令时，它们遵守的几率高于95%，此外，即使主人位于远处，它们也会在听到指令后几秒钟内就有反应。即使训练它们的人经验不足，它们也可以学习得很好。

五、温暖的外衣

　　具有双层毛发的喜乐蒂牧羊犬具备极强的御寒能力，丰厚的底层绒毛既可保暖又支撑起外层的粗直毛发。使外表看起来非常浓密，并且有蓬松感。每周需梳理1~2次，每次半小时至1小时，好好将狗狗全身的毛发整理一下，这也有助于增强主人与爱犬之间的感情。在狗狗的换毛季节，最好每天都为它梳毛，有助于换毛过程。

六、双面娇娃

　　喜乐蒂牧羊犬有两种用途：一是作为工作犬，一是作为伴侣犬。

　　喜乐蒂牧羊犬的本性是欣然的服从，且只需少许进行培训或不需进行培训，这种本能很可能是一代又一代忠实、顺从地经过专门训练的犬所隐藏的优秀品质。喜乐蒂牧羊犬具有持续不断的警惕性，这种警惕性是遗传得来的。拥有如此优秀技能的它，在工作中当然能胜任有余。作为宠物，外表华丽、秀美、性格忠诚、顺从的喜乐蒂牧羊犬，当然也必定会赢得大众的宠爱。

七、"七白"

　　不少初识喜乐蒂牧羊犬的朋友都会把"七白"作为评比其品质好坏的标准。所谓"七白"指的是：白鼻梁、白围脖、四肢白袜、白尾尖。而这些因素就如同我们脸上的色斑瑕疵，即使这只狗狗没有大白围脖，四肢白袜参差不一，也不会使这只狗狗的品质有所下降。在专业犬赛中，也是不会影响犬只分数的。而"七白"之说只是卖家想赢得更多利益的借口。

八、天然去雕饰

　　赛场上的喜乐蒂牧羊犬的耳朵都是在1/4处折耳，直立头顶上方，显得十分小巧可爱。但是，并不是所有喜乐蒂牧羊犬都是成年后始终保持折耳的，即使保持折耳的喜乐蒂牧羊犬成年后的耳位也不会是很理想的。所以在喜乐蒂幼犬时期，有经验的繁殖者都会对喜乐蒂幼犬进行耳朵及耳位的调整。使用专用胶水贴合加上正确按摩，或在尖端粘上重物，久而久之大多数狗狗的耳朵都会永久下垂。虽然耳朵下垂的模样看起来会比较可爱，但作为家中的宠物犬顺其自然也无妨。若在成犬时期耳朵仍是竖直，而你又希望它弯曲，那只好到指定的宠物医院做简单的耳朵整形手术。但是参加比赛的专业赛级犬的耳朵一定要自然弯曲的，做过耳朵手术的则无法参加专业比赛。

九、失格

　　喜乐蒂牧羊犬的身高低于33cm或超过40.6cm，就以失格论处。所谓的失格就是失去犬展比赛的资格，同时也指失去了该犬种的标准资格。若是你想带狗狗参加专业犬赛的话，就需注意一下它是否符合该犬种标准。另外，公犬若睾丸只有一颗或没有，也是失格。若身上有超过50%的白毛或是有斑纹，也是失格。

第二章

怎样判断我的喜乐蒂牧羊犬是不是纯种的？如何判断品质的标准？什么是该犬种的缺陷？只要你希望了解这种狗狗,下面的文字会为你逐一解答的!

喜乐蒂牧羊犬的品种标准

一、AKC（American Kennel Club 美国育犬协会）发布的喜乐蒂牧羊犬的品种标准

1. 简介

喜乐蒂牧羊犬与苏格兰牧羊犬的样子非常相像，其血统还可以追溯到苏格兰边境牧羊犬流落到谢德兰岛的时期，当时，苏格兰边境牧羊犬与体型较小的、聪明的长毛型犬交配，并得到缩小比例的品种。后来又不时地与长毛型柯利犬交配。所以，现在的喜乐蒂牧羊犬与长毛型柯利犬在体型和一般外观上的联系，就像喜乐蒂矮种马与大体型的马之间的关系一样。虽然，喜乐蒂牧羊犬与柯利牧羊犬之间的相同点非常明显，但两者间的差别也很清晰。喜乐蒂牧羊犬是一种小型的、警惕的、粗毛型的长毛工作犬。它健康、敏捷而坚定；轮廓非常匀称，没有任何地方是特别夸张，而与整体比例失调的；雄性看起来雄壮，而雌性则显得柔美。

2. 体型

喜乐蒂牧羊犬肩高约为33cm～41cm。从整体来看，身躯长度

（从肩胛前端到坐骨即骨盆末端的距离）显得略长，身躯的长度应该是由于肩部和臀部之间具有恰当的宽度和角度，而背部本身则相当短。

肩高的测量是在它自然站立时，前肢平行于垂直线的状态下，从肩胛骨顶端到地面的垂直距离。

肩高大于或小于标准尺寸，属于失格，并开除出比赛场。

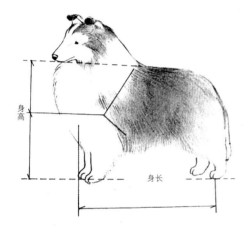

3. 头部

（1）楔形结构

将你的双手在犬的口鼻部两侧放好，手掌平伸对着它的头部，将你的双手从口鼻部向耳朵根部滑动，将你的感觉记录下来——颧骨隆起是不是太凸出，颧骨隆起部位应该与头部的侧面融合在一起；在它的两端都不应该有浅洼，当你的手触摸到此部位时不应该有明显骨骼凸块的感觉。

头部的"瘦削楔形"是所有喜乐蒂牧羊犬繁殖者在繁育过程中努力追求的结构特征。只有准确运用上述检查方法并通过大量的实践，你才能够总结出对头部结构做出准确评估的经验。寻找一只以拥有完美头部而闻名的喜乐蒂犬，感觉一下它头部的结构特征。当你把手从犬的口鼻部向头后方滑动时，犬的口鼻部与头骨部分的结合应非常顺畅，没有任何突兀的变化，从而形成一个"完整"的楔形结构。如果在宽度上头骨与口鼻部之间

存在着显著的差异，就会给你一种整个头部是由"上下两块"组成的感觉。

（2）口鼻部

口鼻部应圆润完整，在眼睛的下面平坦不存在浅凹。观察你的犬，在鼻梁两侧是不是有太多的毛？这样的话，会使口鼻部位呈现一种经过雕凿般的四方形，并使犬呈现出一种轮廓分明的外形，从而使犬在很大程度上失去那种温柔的"喜乐蒂式"外形。是不是呈现出"花栗鼠型面颊"？这样的话会破坏流畅的楔形，那么你该怀疑它是不是有严重的牙齿问题。

（3）耳朵

看一下耳朵的外形和大小。用你的拇指和食指将耳朵稳定在正确的头顶位置。检查耳朵的弯曲，并观察犬的脸形。它是否呈现出了那种非常吸引人的喜乐蒂式外观？耳梢是向内还是向外？弯曲位置高还是低？在你对

它的耳部进行美容修饰前，你需要了解很多事情。

缺陷：位置太低、像猎犬那样的垂耳、立耳、蝙蝠耳、扭曲的耳朵以及耳廓太厚或太薄。

（4）眼睛

中等大小，颜色深，杏仁状，位置稍微有点斜。颜色必须为暗黑色，云石色狗的眼睛允许是蓝色或云石色。

缺陷：浅色眼睛、圆眼睛、过大或过小的眼睛。

（5）鼻镜

必须为黑色。

（6）牙齿

整齐而均匀，剪状咬和。

缺陷：上颚突出式咬和或下颚突出式咬和、缺齿或歪曲的牙齿。嘴唇闭合时，能看见牙齿。

4. 颈部、背线、身躯

（1）颈部

肌肉发达，圆拱，而且有足够的长度，能使头部骄傲地昂起。

缺陷：颈部太短、太粗。

（2）背部

水平且肌肉强健。

（3）胸部

深，深度延伸到肘部。肋骨扩张良好，但是，下面一半的部分变得平坦，使肩胛和前肢能自由运动。腹部适度上提。

缺陷：背部太长、太短、摇摆或拱起。桶状胸，身体侧面平坦，胸部太窄或太浅。

（4）腰部

应该轻微拱起，而臀部应该逐渐向后倾斜。臀骨（骨盆）与脊椎成 30 度角。

缺陷：臀部高于马肩隆，臀部太直或太陡峭。

（5）尾巴

相当长、当尾巴沿着后腿下垂时，尾椎骨的末端至少可以延伸到飞节。当它休息时，尾巴的姿势是笔直下垂，或略微弯曲。当它警惕时，尾巴通常会举起，但绝不能超过后背。

缺陷：尾巴短，尾巴末端扭曲。

5. 前躯

（1）肩部

从马肩隆开始，肩胛骨以45度角向前，向下倾斜，延伸到与上臂结合处。马肩隆仅被脊椎分开，但肩胛骨必须充分向外倾斜，给肋骨提供足够的扩张空间。上臂骨与肩胛骨的结合处，尽可能成直角。肘部到地面的距离与到马肩隆的距离相等。从任何角度观察，前肢都很直、前肢肌肉发达且整洁、骨骼强健。骹骨非常结实、有力且柔韧。狼爪可以切除。

缺陷：肩胛骨与上臂的角度不够；前肢太短、肩胛骨向外倾斜不足、肩部松懈；肘部向内弯或向外翻；腿部弯曲；骨量不足。

（2）足爪

呈卵形、紧凑，脚趾圆拱而紧密。脚垫深而坚硬，趾甲硬而结实。

缺陷：足爪向内弯或向外翻；张开的足爪；兔足或猫足。

6. 后躯

大腿宽而肌肉发达。大腿骨与骨盆成直角，就像肩胛骨与上臂骨一样。膝关节（第一节大腿骨与第二节大腿骨的结合处）的角度清晰，整个膝关节的长度至少要等于大腿骨的长度，略长一些则更理想。飞节轮廓鲜明，有角度，强壮有力，骨骼强壮且韧带结实。从任何角度观察，飞节（跗骨）都显得短而直。狼爪必须切除。

缺陷：大腿狭窄，牛肢，飞节外翻，飞节不清晰。足爪与前肢相同。

7. 被毛

双层被毛，外层被毛由长、直、粗硬的毛发组成，底毛柔软、浓厚、浓密，使被毛有被"撑起来"的感觉。脸部、耳朵、足爪的毛发较短。有丰厚的鬃毛和饰毛，而且雄性更为明显。前肢有饰毛，后肢也有，而且很丰厚，但在飞节以下部位毛发较短。尾巴上的毛发浓厚。在比赛时，耳朵、足爪及飞节等部位的多余毛发，会被修剪掉。

缺陷：整体或部分毛发短、平坦、波浪状、卷曲、柔软或丝状；缺乏底毛；短毛型。

8. 颜色

两色、三色、云石色或深雕色（从金色到桃木色都可以），或带有不同程度的白色斑纹（带有或不带棕色）。

缺陷：黑色或蓝色被毛发黄，颜色消退或褪色，例如深褐色变得苍白，蓝色褪色；主要颜色为蓝色云石色的狗，缺少云石色或杂色，一般看起来显得颜色黯淡或褪色的三色，身躯上有明显的白色斑纹，白色超过整体的50%等。

失格：斑点色。

9. 步态

喜乐蒂牧羊犬的小跑步态显得轻松而顺畅。不能颠簸、僵硬、做作、上下颠动。驱动力主要来自后躯，准确而直，主要是来自于正确的后躯角度、发达的后躯肌肉和韧带，所以允许它将后足爪延伸到身体下方，以推动身躯向前运动。步幅的伸展是由前躯提供的，主要是依赖正确的前躯角度、发达的前躯肌肉和韧带，加上正确的胸部及肋骨结构。足爪抬起时，离地面很近，只要能使腿部正常地向前摆动就可以了。从正面观察，踱步时，前肢和后肢都完全垂直于地面，慢速小跑时，四肢略微向内倾斜，快速奔跑时，足爪向内倾斜得非常厉害，足迹不再是两条平行线，而是在身体中心线下方，足迹内侧贴在一起，呈单一轨迹。肩部不能越过足爪，也不能反复将使身体重心从一侧肩部转到另一侧。

缺陷：动作僵硬、步幅短、步态起伏、颠簸。做作的步态、上下颠动、反复将身体重心从一侧肩部转到另一侧（常常被错误地誉为"舞蹈步"，但年轻的幼犬允许出现这种情况）。抬腿太高，像马匹的步伐，导致缺乏速度和活力。一步一步走的步态。

10. 气质

　　喜乐蒂牧羊犬对主人热情、忠实、友好。无论如何，它可能对陌生人有保留，但决不会显得害怕或畏缩。

　　缺陷：羞怯、胆小或神经质。顽固、咬人、脾气坏。

11. 失格

　　肩高高于或低于标准，也就是33cm～40.6cm。

　　缺陷：身上有斑点色。

二、喜乐蒂牧羊犬的标准毛色

1. 标准毛色有四种

黄褐色+白色（sable & white）雕色。

黄褐色+白色+黑色（tri-color）三色。

白色+黑色（bi-black）两色。

白色+黑色+灰色+黄褐色(blue merle)云石色。

毛色主要是由白色搭配四种色系产生，而白色主要会出现在四肢脚底、前胸、尾部，尤其胸前之白色常会延伸至整个后颈部，形成所谓的大白圈，像围上围巾一样，非常漂亮。喜乐蒂白色毛部分不得超过50%，也不得有虎斑，身体上不可有明显的白斑。

（1）雕色系（sable）

从浅雕色（pure sable）到深雕色（shadow sable）都属于雕色系。雕色系是较常见的，并较受欢迎，《灵犬莱西》中的苏格兰牧羊犬的外表即属之。

（2）三色系（tri-color）

这种色系的喜乐蒂主要由黑色的被毛组成，在接近四肢脚的白毛间会伴随咖啡色，并且脸部也会有咖啡色毛的分布。三色系喜乐蒂可繁殖出任何色系，是一般繁殖者的最爱。

（3）云石色系

又分为三色云石（blue merle）、两色云石（bi-blue）、雕色云石（sable merle）和双份云石（double merle）。毛色分布大都同三色系，唯原来黑色的部分，会产生如大理石色的斑纹，就像是将黑色淡化成灰色纹路般，

在繁殖配色中较难掌握。专业的繁殖者较感兴趣。

（4）两色系（bi-black）

全身只有黑白两种毛色，除了该有的"六白"或"七白"外，其他都是黑色，相当耀眼，但非常少见。

Tips: 喜乐蒂牧羊犬毛色的主要遗传基因

喜乐蒂牧羊犬毛色有三种遗传基因：Agouti、Merle、Spotting。

这三种遗传基因控制着喜乐蒂牧羊犬的整体毛色。Agouti遗传基因控制雕色和黑色的毛色遗传；Merle遗传基因冲淡毛发底部颜色，形成云石形状的花纹；Spotting遗传因子控制白色毛发在喜乐蒂牧羊犬的围脖、脚和尾尖的分布。

Tips:
　　喜乐蒂牧羊犬天性敏感甚至有些胆小，作为主人一定要耐心鼓励，多让它接触陌生人及陌生环境。

Tips:
　　要特别说明的是，苏格兰牧羊犬表面毛色超过四分之三以上呈白色仍被认可，然而喜乐蒂牧羊犬表面毛色若有二分之一以上是白色的话，在赛场中则属于失格了。

三、喜乐蒂牧羊犬vs苏格兰牧羊犬

　　喜乐蒂牧羊犬和苏格兰牧羊犬就如同一对孪生姐妹，外形、毛色、性格几乎相同，只在体形上有着较大的区别，其实它们的关系就像谢德兰的矮马与其他地区的普通马的关系一样。对这两种狗狗不熟悉的朋友经常会因品种的混淆而闹笑话。所以，针对它们各自的特点我们做了详细的对比，想拥有火眼金睛轻松辨别这两种狗狗的朋友们就来关注下面的内容吧！

1. 体型上的差异

　　苏格兰牧羊犬和喜乐蒂牧羊犬虽有大小体型差异，在个别比较上仍有一些不同（根据AKC标准）。

　　（1）体型

　　苏格兰牧羊犬公犬身高61cm～66cm、母犬56cm～61cm、体型均衡调和、太胖或过瘦都不看好。喜乐蒂体高须在33cm～41cm之间。赛场上对于体型非常重视，若超过或不足这个范围即为失格。

　　（2）头部

　　苏格兰牧羊犬的头呈钝而细的菱形，比例协调。喜乐蒂牧羊犬的头盖及口吻等长，由于有明显的额段，头盖上部的线比口吻上的线位置偏上。

　　（3）毛色

　　苏格兰牧羊犬分褐色及白色（sable and white）、云石色（blue merle）、三色（tri-color）和白色（white）四种色。喜乐蒂牧羊犬有褐色及白色（sable and white）、云石色（blue merle）、三色（tri-color）和黑白（bi-color）。

2. 性格上的不同

　　喜乐蒂牧羊犬和苏格兰牧羊犬除了在体形上有很

犬种不同，它们能够平衡地急促旋回行单轨步，当快速跑步时，右前足沿一直线踏出，左前足即充分跨大步幅踏出，接着当左前足离地同时，左后足即接着其位置落地，因此足迹为两个两个呈现，在大原野上纵横奔驰，注意前足的着地点，后足并不会有受伤之顾虑。另外，急旋回步也能保持身体重心，不失灵敏性，而丰富毛量覆盖的长尾巴也能保持整体平衡，即使在较狭窄或障碍物多的场地中，也能轻快跳跃，不管登山或走急道，都不会失去平衡性。喜乐蒂牧羊犬和苏格兰牧羊犬实际的运动能力差异并不大，但喜乐蒂牧羊犬在跳跃、瞬间爆发力及回转力方面较苏格兰牧羊犬优异，长距离的竞走则是体型体长较大的苏格兰牧羊犬较为有利，但运动能力也和骨骼构造是否正确、肌肉的弹性、反射状况及日常饲养管理息息相关。

Tips:

狗狗都是好动的，但是在狗狗半岁以前一定要制止它们快速跑跳、上下楼梯的行为。因为，幼犬的骨骼是很纤细、柔软的，不适当的运动很容易使它们的骨骼变形甚至受到伤害。

大差异，性格上也有不同的特征。喜乐蒂牧羊犬对陌生人或其他动物刚开始会感觉较为敏感，等和主人相处久了，会相当亲切而忠贞，且情绪上的喜怒哀乐表现得甚为敏感，另外，也具有小型犬特有的防卫本能及警戒心。当然了，个性也会受饲主的管教方式及生活环境所左右。而苏格兰牧羊犬由于体型大，性格非常温和，是魅力独具的犬种，一旦养了此犬种后，常会让饲主难以忘怀。不论是对小孩或年长者，苏格兰牧羊犬都表现极为友善，散发一股优雅的亲和气质，但对于任何事都相当好奇且十分注意，处理周遭事物富有勇气与智能，所以是弱小动物及小孩的最佳保护犬。

3. 都是运动家

喜乐蒂牧羊犬和苏格兰牧羊犬都富有运动能力及耐久力，其祖先一日能够跑160公里，具有超强体力从事牧羊作业，这也是为什么牧羊犬一直受到重视的理由。喜乐蒂牧羊犬和苏格兰牧羊犬走路奔跑的步伐特征和其他

4. 听力大比拼

在五种感官当中，狗狗的嗅觉和听觉特别的优秀，而视觉则有色盲和近视的倾向，且味觉及触觉能力不及人类。这五种感官知觉会因个体差异、生活环境等不同而异。喜乐蒂牧羊犬和苏格兰牧羊犬的另一个不同之处，大概在于有天线般功能的听觉吧！为了保护较小的身躯，大部分小型犬都具有敏感的听觉反射神经，喜乐蒂牧羊犬也同样拥有小型犬的特有本能及性质，听觉相当发达，由于体型适当，常被训练为听导犬。而苏格兰牧羊犬则秉持原有风貌，善于判断事物，及利于迅速的行动。

Tips:

狗狗可以从声音的调子来分辨人的情绪。因此，它仅凭自己名字的声音，就能分辨这个人是喜欢它还是讨厌它，而决定服从与否。

5. 食量大有不同

喜乐蒂牧羊犬的犬种标准除了公母犬一样对身高有

规定，体重则配合体型，在6公斤~10公斤之间；苏格兰牧羊犬的公犬体重在27公斤~34公斤，母犬23公斤~29公斤。喜乐蒂牧羊犬约16个月大即为成犬，苏格兰牧羊犬约20个月大才为成犬，成犬和出生时的体重相比，喜乐蒂牧羊犬约为原来的40倍重，苏格兰牧羊犬则为原来的80倍重。所以成长过程中必要的食量、运动量及依季节和个体消化能力的不同，务必要有正确的认识。随着幼犬的成长，食量要适当增加，喜乐蒂牧羊犬4个月大时即需要和成犬同样的卡路里摄取量，6个月大时的摄取量为最高值，约比成犬多30% 左右的量。苏格兰牧羊犬在3个半月大时即需成犬般的卡路里摄取量，9个月大时达到摄取量最高值，比成犬量多40%左右。一般来说，喜乐蒂牧羊犬一天需要消耗742卡路里热量，以100克食物相当于400卡路里来算，约需摄取185克的食物，苏格兰牧羊犬基本体力消耗量为1692卡路里，也就是一天需摄取432克的食物。

Tips:
品质好的狗粮都会有小、中、大型之分，依据不同体型狗狗的营养摄取量而制成，所以，主人们要根据实际情况来选择最适合自己狗狗的粮食类型。

6. 幼犬分辨有诀窍

一个外行人，同时面对喜乐蒂牧羊犬和苏格兰牧羊犬的幼犬时，基本上不可能分辨出来。尤其是刚出生两三周大的苏格兰牧羊犬和喜乐蒂牧羊犬极不易分辨。它们最大的不同在于体型，而所谓的"七白"则是两者的共同特征。要想学会分出幼犬为喜乐蒂牧羊犬或苏格兰牧羊犬，你可以从下面的文字中学到：

（1）耳朵方面

喜乐蒂牧羊犬幼犬时期已呈直立、半直或立耳，而苏格兰牧羊犬幼犬的耳朵几乎全贴在头上。

（2）气质方面

喜乐蒂牧羊犬幼犬看似机灵。苏格兰牧羊犬宝宝则面似憨厚。

（3）额段方面

喜乐蒂牧羊犬幼犬有明显的额段。苏格兰牧羊犬幼犬的面部是平坦状的。

（4）口吻方面

喜乐蒂牧羊犬幼犬的口吻较细尖。而苏格兰牧羊犬由于是大型犬，所以幼犬时口吻较粗犷。

（5）骨架方面

喜乐蒂牧羊犬属于小型犬，幼犬时的骨量肯定会比苏格兰牧羊犬幼犬的骨量小。

（6）叫声方面

因为体形及骨骼的原因，苏格兰牧羊犬的叫声较洪亮。

Tips:
3月龄时的苏格兰牧羊犬幼犬已和喜乐蒂牧羊犬成犬差不多大了，经过一段时间的成长，两者在脸部、体型、动作等方面会有不同的变化，喜乐蒂牧羊犬和苏格兰牧羊犬的差别也会越趋明显。

第三章

我要养狗啦！我要养只喜乐蒂牧羊犬！高贵、华丽的外表，温柔、忠实的性格，它的一切一切我都喜欢！但是，怎样才能找到一只漂亮、可心的喜乐蒂牧羊犬呢？我要为它准备什么生活用品呢？带回家后，又要怎样照顾它呢？

呵护你的一生一世

一、如何购买喜宝宝

1. 购买地的选择

当大概确定某一犬种后，可以通过宠物杂志、宠物网站或是朋友介绍等多种渠道找到有出售该犬种的地方。

2. 犬舍

在国内，专业的繁殖犬舍非常多，访问也比较方便，狗狗的品质及健康较为可靠，对买家也较有保障，而且可亲眼看到狗狗的状况，在选择上不易出差错。国外的专业繁殖犬舍比国内的更加完善及先进，如果希望选择，可找专业的书籍或上网寻找，选定犬舍后，只要确定是你喜欢的类型，即可向犬舍主人询问是否有你要的狗狗，包括狗狗的年龄、毛色、性别等等都要问清楚。一般来说以6月龄以上购买较适当，主人通常会寄相片给你，更保险的话，可要求寄录像带。

> **Tips:**
> 向国外购买时，狗狗是否冠军登录，价钱会差很多。你的预算另外要包括运费、税金、检疫费等等。

3. 家庭繁殖

选择有信誉的、品质优良的繁殖家庭。因为家庭繁殖的数量很少，所以会对狗狗的照顾很周到，狗狗从很小的时候就会开始家庭式的生活并进行与人的社交行为，这对以后的性格成长是很有帮助的。

4. 注意事项

心里有个预期的价格。在品质相差无几的狗狗里，配色也是价格浮动的极大的因素。虽然配色不影响到比赛成绩，可是一般人还是喜欢狗狗要具备"七白"，不管你要不要参加比赛，如果你选择了漂亮的小狗，就得付出相应的价钱。

二、如何挑选健康的喜宝宝

1. 健康标准

（1）耳道干净无臭味。
（2）眼睛清秀有神。

（3）鼻端光亮、湿润。

（4）口腔黏膜粉红色。

（5）身体匀称、前肢笔直。

（6）被毛顺滑、有光泽、无脱毛。

（7）活泼、好动。

2. 品质

说到品质问题，最主要的当然是遗传基因，所以在挑选幼犬时，一定要看到小狗的父母，如果它们的父母品质优秀并有详细的家族血统证书，那这只幼犬会是一只品质优秀且价格不菲的小东西了。如果，可供选择的

幼犬有1只以上，那么在挑选时，要选择骨量较粗壮，毛量相对较大的狗狗，总之尽量贴近喜乐蒂牧羊犬的各项标准为佳。

3. 选择幼犬还是成犬

各有优缺点，喜乐蒂牧羊犬成长的变化是巨大的。狗狗从幼年时就在你的呵护下成长会对家人有很高的信任感，而你也会有抚养狗狗成长的成就感。缺点就是照顾起来要多费心，要时刻注意狗宝宝的健康问题。家有幼犬是件很有趣的事情，也会是一种

甜蜜的负担。但是，你要有幼犬生病甚至死亡的承受能力。不过，只要你多加注意饲养和护理，就可将此风险降低。而养成犬的好处是狗狗自身的健康状况已良好，形体及毛量已长成，你可挑选你喜欢的样子。成犬领悟力较高，也会比较好教。缺点是你可能要花一点时间改变它一些你认为不好的习惯，也需要花较长的时间让它对你建立信任感。

4. 选择"男孩"还是"女孩"

建议买之前先不要考虑这个问题，因为很有可能你的期望会给你带来挑选中的苦恼。若你非得决定买公狗或母狗，那以下建议可供参考，公狗在毛量及骨量方面会比母狗好，地域性也较强，也就是说很有可能会到处抬腿尿尿，发情时会不听主人的话。狗狗老年时要注意泌尿系统的问题。母狗则要注意子宫蓄脓的问题，注意发情时会有滴血的情形，若不打算繁殖，绝育后就没有这个问题了。脾气、智商等方面，公母犬并没什么差别。每一只狗个性都不同，若无特殊因素，选择你喜欢的就好！

5. 性格

狗狗就像人一样，有胆小内向的，也有活泼外向的。根据自己的生

活方式、居住情况来选择适合自己的爱宠吧！

6. 幼犬测试

英国一群专家根据多年研究成果，设计了一套"幼犬测试"方法，应用在七个星期大的幼犬上，并且证明非常有效，也许将来的幼犬除了附有血统证明书外，并且加上"幼犬测试"的成绩表也说不定。该项测试维持半小时至1小时，方法是在幼犬最活跃的时间，带它到一处陌生而宁静、没有任何分散小狗注意力的场所，当中测试包括了十一个项目，每个项目评分都是1～6分。

（1）社交能力

测试者跪在幼犬前面一段距离，呼唤幼犬前来，若幼犬尾巴竖起直奔过来，它定是只充满信心、喜欢社交的狗狗；至于性格独立的狗狗可能无动于衷；而柔怯的幼犬可能会前来但态度犹豫，且尾巴下垂。

（2）追随

测试者先站起来慢行，以吸引幼犬追随他，自信心强的幼犬会主动追随；而强悍的会奔在前面，或是绊手绊脚；柔怯的会迟疑地却行又止；独立的则走到别处去了。

（3）压制

将幼犬翻在地上四脚朝天，用一手按着它的胸口，并微用力限制它不许活动，以双眼盯着它的眼半分钟。此时强悍的会努力挣扎，目光不显畏惧，柔怯的则会温顺屈从，目光游移，这项测试极为重要，最强悍的幼犬只适宜经验丰富的人士饲养。

（4）气度

完成压制测试后，立刻将幼犬放在面前，温柔抚摸它全身、轻轻地对它说话，并低首前倾让它可以舐到测试者的面孔。对于一只不忘记刚才被压制，气度不宽宏的犬只，是比较难接受训练的。

（5）提高

双臂抱着幼犬在胸前，站起来半分钟，目的是考验它在不能控制的环境下如何应付，若能舒然躺在臂弯的幼犬，长大后较容易适应陌生环境；相反不断挣扎的幼犬，其长大后同样会不愿接受人类的支配。

（6）寻回

以一张纸捏成纸团，抛在幼犬面前数尺，通常它的反应会：

①奔向纸团，衔起它，在测试者的鼓励下走回来，这将是容易受训的良犬。

②对纸团兴趣不大甚至走掉，这只犬可接受训练的程度较低。

③衔着纸团走向角落独自咬扯玩耍，这只性格独立的狗儿将来需要老练的训练师训练。

这项测试在选择工作犬时是很重要的。

（7）触觉

用拇指和食指捏着幼犬前脚中趾之间的皮蹼，口中数着一至十的数字，同时手指相应逐渐增加力度；若幼犬在最初已剧烈挣扎，将来对头圈、束缚及训练过度敏感；而在最强力度方才挣扎的狗儿，则需要强硬的训练者训练。

（8）听觉

把发声的器具先发出响亮声音再隐藏一角——通常是金属盖之类。一声响之后，幼犬多会惊慌失措，如果它没有反应的话，要立刻带它去兽医处验一下是否失聪；若幼犬能迅速恢复正常，并且能调查声音来源，那便是只灵敏、优良的狗儿；心有余悸，远避声源的狗儿，可能是不适合嚣闹的家庭。

（9）视觉

先把一些布条在幼犬前面挥舞，信心十足的幼犬会静静研究那是什么；勇悍的会试图咬破它；至于怯懦的早已躲起来了。

（10）评分

最后的两项评分是基于幼犬的稳定性和精力旺盛程度，是根据它在上述各项测试中的表现而评分。每一项目中评分都是1~6分，表现得最强悍的得1分；相反，最怯懦的得6分。

如果幼犬在各项测试中每项都得1分的话，当然这是极少有的，它具强烈的支配欲甚至能带攻击性，所以不是理想的家庭宠物犬。各项得2分

最多的幼犬，同样具有强支配欲，但可从适当的训练中变成优秀的伴侣和出色的工作犬。得3分最多的幼犬，性格活泼外向，肯定是一头服从训练的卓越狗儿，对初养狗的人士最适合不过。得四分最多的幼犬，极乐意与人相处，尤其能与儿童融洽做伴，是家庭宠物犬的上选。得五分最多的幼犬，比较敏感和缺乏自信，对无甚要求、喜欢宁静生活或养狗纯为做伴的年老夫妇来说，是颇佳的安乐椅旁的伴侣。不同犬种的特性也是考虑因素。

以上的测试只是提供一种较客观的评核作参考，而且需要由经验丰富

的专家进行才更为准确，此外同时要考虑个人养犬目的和生活形式。例如，要求拥有一只出赛犬或纯为伴侣犬，选择上便大大不同了。而居住环境及个人性格也是一项重要的考虑因素。最后要注意不同种类的犬也有不同的特性。选择幼犬前除参考有关资料，详加考虑外，最好向有经验的人士请教一下。

7. 运输问题及流程

如果是本市内的就不必多说了，抱好狗狗就直接回家吧。但是，有不少朋友都是异地买狗的，所以运输上存在一些手续繁琐的问题。

（1）首先，卖方和机场订好日期

及航班。之后带上狗狗及它的免疫证明，去所在地的动物检疫所办理"动物出境证明"。

（2）买一个适合狗狗的航空箱。

（3）提前 4 小时到该航空公司的货运站，称重后把"动物出境证明"、"免疫证"交给工作人员，然后交费，拿好货单号即可。

手续办完后，卖方要通知接狗狗的人，说清航空公司、航班号、货单号及降落时间，让接机的人带上本人身份证，在飞机到达目的地半小时后就可以接到狗狗了。

> **Tips:**
>
> 在进笼子之前一定要给狗狗喝足水，稍微吃点喜欢的食物，给点安慰吧，因为狗狗在旅程中会很辛苦的。
>
> 1.犬的运输最好在温度适宜的春季或秋季。
>
> 2.夏季要避免炎热，最好选择早晚。
>
> 3.冬季要注意防寒，保证幼犬不被冻病。

三、狗狗到家

真是值得庆祝的一天呀！盼星星盼月亮，终于把可爱的狗宝宝接回来了！但是，不要光顾着高兴，该准备的你都准备好了吗？

1. 做好准备工作

（1）食盆

宠物专用食盆、水盆是有宠物家庭的必需品，为猫、狗量身定做的容量，不锈钢或是树脂的材料不易被淘气的宠物打碎。

（2）狗粮

根据即将到家的爱宠情况而定，幼犬还是成犬？小型犬还是大型犬？

目前商场中，甚至还有各犬种的专用粮。

（3）零食

这个很重要，美味的小零食不但可以用于训练时的诱物，又可以担当鼓励时的奖励，这可是大大提升你和爱犬之间亲密度的法宝！不过，千万不要无休止地给它们，这样会造成爱宠挑食的坏毛病。

（4）玩具

给宠物准备一些专用玩具，如会出声的小毛球、可以磨牙的结绳玩具等，有了这些小家伙们就不会为难我们的鞋子了。

（5）营养品

可以依据自己的承受能力及爱宠的实际情况，购买一些营养品，如果是幼犬，可以购买补钙、助发育类的产品，美毛、护毛类的产品可用于成犬。

（6）窝

在狗狗小的时候就让它们养成自己睡觉的习惯，所以在狗狗进入家庭之前就要为它们备好的温暖、舒适的

睡床。

（7）航空箱

用于带狗狗外出时使用。

（8）厕所

狗狗的专用厕所很有用，有益于狗狗的健康和好习惯的养成。

（9）牵引绳

我们要做文明养犬人，带狗狗外出时一定要为它带好牵引绳。

（10）浴液

要选择狗狗专用浴液，因为人皮肤的酸碱度跟狗狗皮肤的酸碱度是有很大差距的，如长期不适当的使用很容易增加狗狗患皮肤病的几率。

（11）梳子

定期为狗狗梳理毛发，尤其是长毛狗狗，它们的死毛很容易藏在毛发深处，长期不清理会使毛发打结。

2. 熟悉环境

（1）名字

给狗狗起个简单、易记的名字。开始的几天，开饭、游戏时都边叫它的名字边把它带到身边，聪明的狗狗几次就会明白，这就是属于它的爱称了。

（2）磨合期

回到家后，首先带狗狗去你希望以后成为它方便的地方，将索取回来的带有母狗味道的东西和玩具放在它旁边，让它好好地休息一下。暂且忍耐一下，先不要去抱它或摸它，等它小睡一觉后，主动来找主人玩时，才温柔的成为它的玩伴。第一天晚上，小狗可能因为寂寞而整晚吼叫，不必加以理会，只要两三天后，一切就会改善。如果觉得它可怜而抱着它睡，它就会认为床是它睡觉的地方，之后就很难调教。

3. 预防小病别轻心

（1）驱虫药

千万不要掉以轻心，不是只有流浪在外的狗狗才会受到寄生虫的威胁，大部分的幼犬都有肠道寄生虫，都是由母犬经胎盘或乳汁感染的。幼犬20日龄时首次驱虫，每月一次至半岁，半岁开始每季度一次，成年后每半年一次。

（2）洗眼水

可预防角膜炎、结膜炎等。

（3）洗耳油

可预防耳螨的滋生。

四、幼犬的照顾

刚刚到家的幼犬正处于长牙齿的阶段，咬东西是正常的反应。特别是

3~6个月大的阶段，因为乳齿脱落，新的永久齿正要冒出来，狗狗常用咬东西方式减缓换牙的不舒适，同时可以帮助牙齿顺利出牙龈。

不要小看了幼犬的破坏力，虽不敌大型犬，把屋子弄得一片狼藉还是很可能的。

1. 狗狗咬东西

（1）配备专用玩具

主人可以在宠物店里挑选一两个可爱玩具，让它们有专属的可以咬的东西。

（2）让它爱玩具

常有主人说自己的狗狗专门捡不能咬的东西咬，那么不妨将买来的玩具上面涂些好吃的东西，或者用自己的手搓它们。当玩具上沾满了宠物喜欢的味道后，自然会令它们爱不释手。

（3）赏罚分明

主人一旦发现宠物咬玩不该咬的东西，就要立刻阻止。若看到它们乖乖地咬自己玩具时，亦应该鼓励赞许它。

（4）冰凉的感觉

主人可让换牙时的狗狗咬些小碎冰块。这些东西不但具有酥脆的感觉，同时冰凉的感觉也可暂时麻醉长牙的疼痛。

（5）"专业"狗咬胶

给狗狗准备一些狗咬胶，这些骨胶、肉皮制成的东西硬度够，味道好，狗狗会把磕家具的精力都转移到磕狗咬胶上面。

这些方法可以有效降低小狗的破坏力，这时还应该多用手指按摩狗狗的牙龈，为以后它接受刷牙，牙齿检查等打基础！

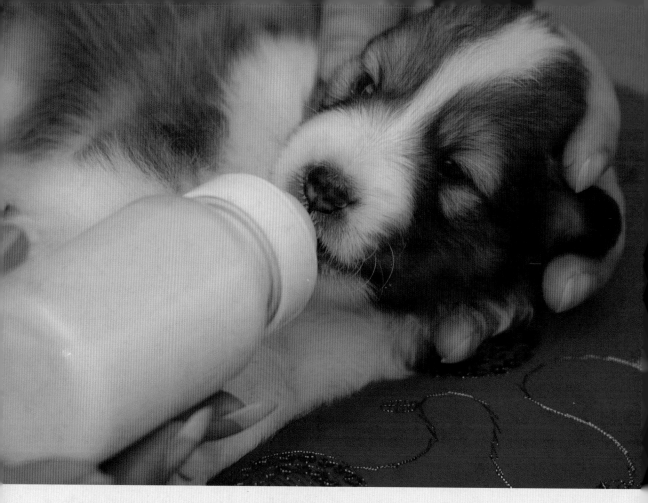

4. 固定饮食时间

　　3个月龄以内的幼犬，一天喂四次。

　　3~6个月龄的幼犬，一天喂三次。

　　6个月龄以后一天喂二次。

　　成年了一天喂一次即可。

　　喂食时间安排在我们吃饭后，开始的时候可以喂得稍少一些，如果一次喂后不剩一点食物，犬又久久不离开食盘，下次喂食时加一点食物，但不可有剩食。喂食量应该根据它的进食状况，大约3个星期调整一次。

　　水要供应充分，要准备干净的容器，不要喂生水，不断地换新鲜水，不要数日不换陈水。让狗自由饮水。

5. 关键的发育期

　　成长期非常重要，甚至可以左右狗狗的一生。

　　5~6个月龄时，幼犬的生长发育速度很快，体重已达成年犬的50%，但是，不同品种的犬，其生长发育速度也不同。一般来讲，体型小的犬达到成年犬体重时的时间短，而大体形犬达到成年犬体重的时间晚。例如，达到成年犬体重时，吉娃娃犬需要6~8个月，凯恩㹴为10~12个月，大丹犬在18个月龄，纽芬兰犬在20个月龄左右。

　　由于小狗的快速生长，你所喂的食物将对小狗以后的行为以及它的身体发育产生重要的影响。所以你要确保，它每天不仅得到了足够量的食物，还应该注意它的饮食在蛋白质、碳水化合物、脂肪、维生素和矿物质等各方面是否均衡。为了长身体的需要，这时应该喂它吃幼犬粮。

6. 不要乱吃"补品"

如果小狗的食品，已经能够提供完整、均衡的养分（比如专为发育幼犬设计的狗粮），那么，就没有必要喂食额外的维生素、矿物质或肉类。事实上，研究已经证实：对于发育中小狗的健康来说，过度的维生素、矿物质等补品，反而是有害的。

7. 独自在家要适应

如果你是朝九晚五的上班族，那必定狗狗会常常独自在家，你离开的漫长时间里要让狗狗知道安安静静地等待你的回来是很重要的，这样的习惯要在狗狗小的时候就养成。

（1）不要让狗狗决定什么时候主人要关注它了，必须由主人决定关注的时间。如果每次它渴望关注都得到回报，它将会以此为定律。

（2）如果主人离开家会引起它的焦虑，那就在一天的时间里假装离开几次，常常穿上衣服又脱掉，出门两分钟又回来，几次之后狗狗就无法预测你什么时候离家，什么时候回来。

（3）在进家门时，不要过于激动地叫狗狗的名字，而要尽量保持平淡，这样狗狗就不会将你的回家看得很重，回家5分钟内最好都不要理睬狗狗。

（4）很多狗狗把主人的训斥和推开都视为对自己的奖励，所以狗狗兴奋地向你跑来时不要理睬它，让它的愿望落空，在这过程中甚至不能和狗狗有眼神的接触，任何小动作都可能助长狗狗对你的兴趣。

五、幼犬的训练计划

1. 排便训练

从小喜成为家庭成员的那刻起，就要帮助它养成定点排便的好习惯，这样不会因为养了狗狗而使得家里变成"狮虎山"。

狗狗进家的第一天起就要严格训练它定点上"厕所"，仔细观察狗狗的状态，一旦发现它想排泄，就立即带它去你希望它排泄的地方，排泄时可在一旁守候，看着它准确地尿到"厕所"里，及时表扬它。初期，如果让狗狗独处时，一定要将其限定在一定区域内，铺上尿垫或报纸，这样便于粪便的收集和清除。如果它随地排泄，要在它便便后立即按住它的头，对它说"no"。

2. 不随地捡食

在小喜的脖子上带上项圈，并系上牵引绳，在家里四处转转，如果

Tips:
一定要让狗狗明白地区分奖励和惩罚，这样有助于训练得到更好的效果。

41

狗狗接近地上的食物，就拉紧牵引绳，并发出"不"的命令，这样训练几次，就把牵引绳解开让狗狗自由走动，再把食物放在狗狗能看到的地方，它一旦去抢食物，立即发出"不"的命令，聪明的小喜乐蒂在几次反复的练习中就会记住了。

3. 套项圈的训练

这项工作应在3个月龄左右进行。项圈一般要求用柔软、平滑的皮革或棉布质地来制作。项圈和狗的脖颈之间以能放进两个手指为宜。首先套上项圈，等几天后习惯了，以后再加绳子或皮链，狗狗就不会有不舒适的反应了。

4. 奖励

适时的表扬和奖励小喜乐蒂，可引起它做事情的兴趣，让它快速懂得什么行为是正确的。比如，狗狗做对事情时，我们可以用食物、玩具或是温柔的爱抚都可达到目的。调教狗狗的时候，表扬和鼓励是非常重要的，因为奖励和表扬在某种程度上是鼓励喜乐蒂继续练习。但是表扬和鼓励要有分寸，要得体，要适时，要与它的行为同步，若滞后表扬，或表扬得不科学，则会引起相反的作用，狗狗也会不明白你为什么表扬它。

在调教过程中，无论小喜乐蒂取得的成就大小或进步快慢，都要适时给它一定的表扬和鼓励，以巩固和扩大它所取得的成就和进步。

5. 惩罚

适时惩罚可阻止小喜乐蒂的某些不正确的行为，让它迅速懂得什么行为是不正确的。

惩罚你的狗狗并不意味着是痛打狠骂它，狗对疼痛的忍耐程度比人强很多，它们从不畏惧疼痛，所以用"打"来惩罚它是无济于事的，反而会给狗造成心理上很大的负担，破坏主人与狗之间的亲密关系。我们可以采取不理它、关禁闭和以往不同的对待方式让它明白办错事了。也可采取直接的方法，与狗狗直视，并大声严厉地说"不"。

六、幼犬的清洁护理

1. 梳理

不要忽视小狗的毛发，正处于发育期的狗狗正是促进其毛发快速生长的好时候，尤其是喜乐蒂这样的长毛犬，所以建议家长们最好能每天都给狗狗轻轻的梳理毛发一次，这样能更好地促进全身的血液循环并能把死毛尽快清理掉。

2. 洗澡

没做完免疫的幼犬不要洗澡，如果真是脏得忍无可忍的话可以使用专用干洗粉或是婴儿爽身粉来代替。

如果狗狗的免疫已做完一段时间，可以找个温暖的午后，给狗狗洗个热水澡，但是千万记得洗完要用吹风机把狗狗的毛发完全吹干，以避免着凉感冒。

七、快乐成长的日子

小喜乐蒂已经慢慢长大了，在正确的引导下小喜乐蒂养成了不少好习惯。喜乐蒂长为成犬后，对它的饮

43

食、生活护理以及管理方式上也要做些调整了，下面就让我们一起继续学习吧！

1. 成年狗狗的饮食

狗狗12个月了，身体所需的营养也在发生着变化，粮食要换成成犬粮，并由原来的每日两次改为每日一次。

2. 犬粮

当然是主要食品了，犬粮的营养成分经过详细计算，营养搭配合理，香脆可口，有利于狗狗牙齿的保健。

3. 肉类食品

可以购买市场中的狗罐头或是妙鲜包类肉质的产品，也可以买些生肉，用清水煮熟喂食，但是不要添加任何调料。

4. 会造成狗狗伤害的食品

（1）洋葱和葱

会引起中毒。即使通过加热，有害的物质也不会分解。因此，像汉堡包等加入了洋葱或葱的食物绝不能给狗狗吃。

（2）盐分过多的食物

有些食物虽然适合人的口味，如咸肉等，但对狗狗来说却就是盐分摄取过量了。

（3）冰激凌、奶油蛋糕

这些都是没有必要给狗吃的。这些食物含过多糖份，容易引起肥胖或腹泻。

（4）鱼骨和鸡骨

请不要再喂这些了！因为狗狗习惯不嚼烂就咽到肚里，这样常常会造成呕吐、腹泻或便秘。鱼骨和鸡骨还可能卡在喉咙里。

（5）香辣的调味料

刺激性强，一般气味浓重的食物对狗不好。

（6）牛奶

虽然营养价值较高，但狗狗不易消化吸收，可能引起腹泻，请小心喂食，特别是小狗最好不要喂食。

（7）含纤维质多的蔬菜、花生、章鱼、墨鱼、贝类

这些都是不太容易消化的食品，可能引起腹痛、腹泻。

（8）年糕、紫菜

这些都有可能堵住咽喉或粘在喉管上，引起窒息。

（9）巧克力

巧克力含有的可可碱会造成狗狗食物中毒。有数据显示：体重1kg的狗狗吃下９g的纯巧克力就有可能导致死亡。巧克力中毒会引起呕吐腹泻、尿频不安、过度活跃、心跳呼吸加速，严重的会因心血管功能丧失而最终导致死亡。

（10）营养品

处于青壮年的健康狗狗不需要什么特殊的营养品来补充。不过，像喜乐蒂牧羊犬这样的长毛犬可以食用些有美毛效果的食物来为它们毛发增添光泽，使其更加美观，可以每天给狗狗多喂富含蛋白质的饲料。含有维生素E、维生素D的添加剂和海藻类食物、蔬菜等，如瘦肉、煮熟的蛋黄、植物油等，少喂富含糖分、盐分、淀粉的食物。

5. 狗狗的七大营养成分

犬体正常的生活活动需要水、蛋白质、脂肪、碳水化合物、矿物质、维生素和纤维素这七大营养成分。

（1）水

在犬体内，血液中的含水量约占80%以上；肌肉的含水量约占72%～78%；骨骼中的含水量约占45%。犬对水的需要远远超过对食物的需要。犬体内没有特殊的贮水器官，犬体内水的来源主要从饲料中的水分和直接饮用水中得来，从而达到体内所需水分的平衡。成年犬每天的需水量为每千克体重100毫升水；幼犬为每千克体重150毫升水。

（2）蛋白质

蛋白质是生命活动的主要活性物质，也是生物维持自身生命活动的主要营养物质。在犬的一生中，幼年时是发育的最关键阶段，蛋白质需要量最大；成年时，蛋白质的需要量渐趋稳定。所以在犬类食物中，动物性饲料应不低于30%，对于一些名贵犬种（像警犬、缉毒犬、缉爆犬等），更应加大动物性饲料的比重。对于成年犬每千克体重每天需要提供四克可消化的蛋白质。

（3）脂肪

脂肪是生命机体的重要组成部分，它的主要作用是贮存能量。每克脂肪分解后可产生39.4千焦热量，这高于糖类和蛋白质的能量。脂肪中的能量不能直接被狗吸收，必须被转化为脂肪酸才能吸收。脂肪酸是犬体细胞膜及生殖器官和激素等的重要成分。但亚麻油酸和花生油酸等在犬体内不能自己合成，而要从饲料中获得。犬类易于吸收动物性饲料中的饱和脂肪酸，而对植物性饲料中的不饱和脂肪酸则较难吸收。因此如果长期喂食植物性饲料，会导致狗狗营养不良。

（4）碳水化合物

碳水化合物，俗称糖。在犬体内，生命活动的主要能量来源是葡萄糖，葡萄糖能够迅速被犬体吸收。葡萄糖始终在犬的血液中保持一定的水平以维持狗体内器官所需的能量。

（5）矿物质

矿物质是指犬体内碳、氢、氧以外的其他金属元素。矿物质中如钙、磷、钠、钾、镁等是犬体营养所需的主要成分。矿物质中如铁、锌、碘、锰、硒等，它们在犬体内含量较小。矿物质虽然在犬体内含量小，但是它们会对体内激素的高低、体内软组织、血液、体流、细胞等起到重要作用，而且直接影响到神经系统的传导功能。

（6）维生素

维生素是具有高度生物活性的有机化合物，在生物体内不能合成或很少合成。如果缺乏某种维生素，犬体内有机物的合成过程就会中止，从而使犬出现某种病态。犬类饲料中含有的各种维生素一般足够犬体的需求量。

（7）纤维素

适量的纤维素可促进胃肠蠕动，有利于消化。纤维素广泛存在于植物性饲料中。

6. 成年犬的活动

喜乐蒂属于小型的牧羊犬，需要一定的运动量。每天的运动可以保持它的体形适中，并保持良好的状态。尤其是阳光明媚的时候，带上狗狗一起到花园散步，既活动了筋骨又进行了阳光浴，对身体和毛发都是有好处的。

（1）日常散步

你可以在平时的早晨和傍晚带它出去散步、小跑，每次30分钟左右即可，不过要注意，平时不要让它自己上下楼梯，对它的腰部有害。

（2）出游"撒欢"

长期居住在钢筋水泥中的狗狗们，应该多到大自然中去呼吸新鲜的空气，让狗狗痛快地奔跑。多和陌生人接触，对它们的性格也是一种好的磨练。但是，带狗狗出行，要做好充分的准备。

①带够充足的水

狗狗因外出而兴奋不已，还没奔跑就已经口干舌燥了，它们即使一天不吃饭也不能半时片刻少了水，尤其是炎炎夏日，缺水的狗狗很容易造成中暑。

②切忌让狗狗把头伸向车窗外

狗狗几乎都喜欢在汽车行驶过程中把爪子搭在车窗玻璃上，把头探向车窗外，这是很危险的，尤其是周围没有主人看管的情况下。狗狗很容易被侧面行驶过来的车辆剐伤，后果不堪设想。所以尽量不要把车窗开启得过大，让狗狗的头部伸不出车窗外。

③最好让狗狗坐在后排

如果让狗狗独自坐在副驾驶席或后排也是不安全的。调皮的狗狗们会动来动去，爬高爬低，表达它对这次出游是多么地高兴。但这样容易分散驾驶员的注意力，狗狗不停的小动作也有可能影响到驾驶视线，不利于行车的安全。最好让它坐到后排，并有人看管，给它专门准备好坐垫，铺在后排座椅上，以免弄脏车，这样既不影响驾驶员的驾驶，也让狗狗的乘坐空间相对宽敞、确保它乘坐的舒适性。

④先熟悉地形

到了郊外，狗狗一定会显得非常激动，久居都市的它们很少有机会能够呼吸一下郊外清新的空气。这时，不少主人会放任狗狗四下疯跑。都市中宠物狗的体质已经远比它们的同类退化，常常有因为郊外乱跑不慎骨折的狗狗到动物医院急救。另外，陌生环境是狗狗不熟悉的地带，如跑到有危险的处所时，处于兴奋中的狗狗是不会及时发现的，所以，最好主人先牵着狗狗在附近走一走，熟悉地形后再放开它们。

⑤主人炫耀，狗狗遭殃

喜乐蒂牧羊犬可爱乖巧，在人群中一露面就会引来很多人围观夸奖。有的狗主人为了炫耀会松开牵引带，让自己的爱犬充分表演。这样一个人多嘈杂的环境对狗狗是个刺激，可能会发生狗狗乱跑而跑上公路被汽车撞到的危险，或是狗狗因为紧张咬伤人。

⑥有河流、泳池的地方要注意

安全第一。底部有碎片的游泳池、水下长满水草的湖泊、深浅莫测的海域……这些地方都存在安全隐患。因此下水后应给爱犬戴上胸背式牵引绳，以便在发生危险时，能及时挽救爱犬，等它完全适应、摸清情况后再解开链子。

海水中的盐分、游泳池中的氯、河水中的细菌和寄生虫会危害爱犬的健康。所以上岸后一定要立刻用清洁的淡水彻底清洗。

当爱犬表情惊慌，动作也开始慌乱的时候，它很可能已经疲劳过度了，此时要立即把犬拉到岸边。

不要强迫爱犬下水。犬天生都会游泳，但是很多宠物犬不习惯下水。小型犬种容易受到惊吓；幼犬抵抗力弱，生活经验不足；老弱生病的犬也不宜进行这样的剧烈运动。

对于那些健康沉着的犬，主人可以在浅滩处亲自下水，引领爱犬尝试一番，或者把爱犬平时喜欢的玩具抛入水中，让它下水取回。对那些敏感胆小的狗，主人可以从浅滩或小溪边轻松的散步开始，让它逐渐适应，千万不要莽撞地把狗推入或抛进水里。

7. 宠物拍照小窍门

（1）要为宠物拍出漂亮的照片，关键是要抓住它的个性。当你发现这些可爱的小动物在做某种不同寻常或是非常有趣的动作时，可以随时进行抓拍。拍摄特写照片时别忘了使用近景镜头，因为要是你的镜头本身离宠物过近，它肯定不会像模特或大明星似的摆好 pose 等着你来拍照。

（2）拍摄深色毛发的宠物难度比较大，所以在为它拍照时你一定要注意让拍摄背景显得明亮一些。另外，拍摄宠物与拍摄其他物体一样应该注意影子的位置，用闪光灯时注意不要让宠物出现"红眼"。

（3）在为小狗拍摄"集体照"时，最好把它们放在一个篮子里，让它们相互偎依着，这样就可以方便地调节拍摄距离。如果你想让宠物眼睛对准镜头，可以突然发出声音来吸引它们的目光。

（4）拍摄儿童与宠物一起玩耍的照片时，要注意让人和动物处于同一个水平面。如果你的宠物体形较大，可以让它趴在孩子的旁边，以获得理想的构图。

八、春天来了，狗狗要找男朋友了

狗狗发情了，生理上也开始发生了变化，它已经到了适婚的年龄。如果希望狗狗怀孕，从现在起就要学习更多知识了。

1. 母犬的性周期

在繁殖学上，根据犬的性生理变化，把犬性周期分为四个阶段，即发情前期、发情期、发情后期和乏情期。

（1）发情前期

从阴户滴出带有鲜血的黏液开始，到接受公犬爬跨，约8天左右（8.2±2.5日）。在这个时期，其外部表现阴户逐渐充血肿大，排尿次数增加而量少，尿液吸引公犬嗅闻。母犬兴奋不安，喜欢接近公犬并与其戏耍，但无性欲表现（不接受公犬爬跨）。阴道涂片检查时，主要有核上皮细胞和多量红细胞和少量嗜中性白细胞。

（2）发情期

从接受公犬爬跨开始到不接受爬跨为止。即从阴户滴血的8～18天。母犬的外阴呈现充血肿胀状态，随着时间的增长，充血肿胀程度逐渐加强，到发情盛期达到最高峰；多数在发情中期排卵。从外部表现看，早期阴户肿大，末期有所消退，滴出的带血黏液减少，色由鲜红变为淡红，当公犬舔其阴户或爬跨时，其四肢站立不动，尾翘起并偏向一侧，表示愿意交配。

这时只能主人辅助进行（一手抓脖圈一手托下腹部）。初配的公犬，由于缺乏性经验，一旦与母犬接触，往往慌张犹豫，或不经勃起即行爬跨，或出现不完全的性行为，经过几次才能进行正常的性行为。为此应温和对待，否则容易造成性抑制。最好是先让一只有经验的母犬与其配种。

（5）公犬性抑制

营养和运动不足、性经验缺乏、公犬连配次数较多等，都会导致公犬性抑制。

（6）配前性刺激

在交配前不久，通过感觉的性刺激对配种很有利。应当让公母犬一块游戏、追逐一段时间，适当地牵制公犬的性行为。几次的空爬跨，不会因此引起性抑制，经过5～10分钟和4～6次这样的起落的徒劳爬跨，最后反而能提高公犬的射精量和精液浓度，精子活力也良好。配前性刺激不但能提高射精的容量，改进精子密度和活力，而且能引起释放促黄体素，随即提高血中睾酮的浓度。

> **Tips:**
>
> 狗狗在8岁之前都可以生育，超过这个年龄受孕率降低，而且不能期望生下的幼仔完全健康。可于6岁之前让狗狗怀孕生仔。但是分娩本身对身体过于瘦小的雌犬意味着有生命危险。

十、喜乐蒂牧羊犬怀孕了

从小一把屎一把尿被我们拉扯大的狗狗就要做妈妈了！这件事让我们做家长的除了惊喜和兴奋还能有什么反应呢！当然，还有很多怀孕期间的科学管理知识要掌握，这样才能使妊娠期的狗狗得到更好的护理。

怀孕期的准妈妈护理可以分为三个阶段

（1）1～30天是第一阶段。刚刚受孕（大约一到两周内）的母犬要避免剧烈运动，容易流产！保证母犬平时的喂养水平就可以，此时不要添加各种营养，因为胎儿生长比较慢，个子也很小，如果喂太多的食物，营养都会被母犬吸收，等于给母犬催肥呢！又胖又不运动，容易发生难产！

（2）30～45天是第二阶段。母犬腹中的胎儿开始长啦！这段时间你能感受到的最直接的变化就是狗狗尿

频，如果你原来早晚遛狗狗各一次，那现在就要每天多加一、两次，适当增加运动量，让母犬身体练得棒棒的！适当增加营养，肉、蛋、酸奶……一定要少量，胎儿如果吸收太多营养，长得太快，也会难产的！

（3）45～60天是第三阶段，你可以非常明显地看到母犬的肚子鼓起来了！到最后几天，你能摸到胎儿在肚子里面打滚呢！这段时间保证母犬一定的运动量，如果母犬跑不动，就带它多散步。这时的母犬就像饿狼一样，永远吃不够！要控制喂食量（大约比平时多20%～50%就够了！），你如果心软喂多了就是害了它！

这个阶段就要准备狗妈妈的产房了。

产房的标准：

①高度：不能妨碍"准妈妈"的进出。

②大小：要考虑到即将出生的狗宝宝们可以和狗妈妈一起舒适的睡觉。

③盖子：产房的上端应该能够随时打开，方便主人掌握情况。

④布置：尽量弄舒服些，还要方便更换被褥，保持产房的清洁。

> **Tips: 怀孕的蛛丝马迹**
>
> 1. 轻微的呕吐。
> 2. 食欲不振。
> 3. 嗜好改变。
> 4. 阴道分泌出半透明的黏液以及少量出血。

母犬也有假孕。假孕的表现主要为：腹部脂肪逐渐累积，腹部异常膨大，神经性的引起乳腺发育，喘气异常，还有在60～70天间有筑巢行为。严重时表现出母性本能，如拒食，保护不活动的物体（如拖鞋、玩具、布娃娃等）当做自己的幼犬，允许幼犬吃奶，泌乳持续几周，但不能形成初乳。假孕的狗影响一窝的生产。假孕是由于内分泌失调引起的，而且假孕会重复发生，引起子宫炎，所以经常有假孕现象的母犬，不宜生小狗。

十一、喜乐蒂牧羊犬当妈妈了

要生了，要生了……先不要慌张，把事先准备好的

东西都备齐，耐心等待狗宝宝的降临。

1. 接生前的准备

狗狗出现临产症状了，可以适当用0.1%新洁尔灭对母狗臀部、腹部和乳房的周围进行消毒。

准备好接生的用具和消毒药品。如剪刀、灭菌纱布、灭菌细线绳、药棉、70%酒精、0.5%来苏水、0.1%新洁尔灭消毒液、5%碘酒、纯棉布等。

2. 狗狗生产的注意事项

（1）分娩征兆

母犬焦虑不安，刨地，没有食欲，乳头肿胀，尿频，大便稀软，寻找安静处所。

（2）正常分娩

生产前，第一只幼犬进入产道，一般都会有一股羊水流出，母犬的腹部肌肉明显收缩，帮助子宫推出运动，并且会有一明显的膜囊出现在阴门处，之后落地。母犬天生的本能会将裹住幼犬的膜囊撕破并咬断脐带，舔干幼犬的毛发及口鼻处的黏液，使其正常呼吸。

（3）人工助产

有些新生犬，会是臀部先露出，这样会造成分娩时间过长，出现此情况可以由主人帮助生产。在母犬腹部收缩时，轻拉幼犬帮助产出，然后撕开膜囊（绝大多数已经破裂，羊水已流出），擦干幼犬毛发和鼻腔中的羊水，促其呼吸。

（4）难产的判断

如果母犬子宫收缩或产仔时间间隔超过两个小时的话，说明母犬出现了异常，可能是因疲劳、低血糖和低血钙引起或是幼犬的产位出现异常。在这种情况下必须采取药物和手术干预。

药物可使用催产素，刺激子宫收缩（注意：这需要实际诊断后才能使用，因为有些时候它可以导致子宫破裂，幼犬窒息，母犬泌乳障碍），一般的母犬在催产素的作用下可以产下幼犬。当药物无效或分娩通道内有明显障碍时，要果断决定剖腹产。

3. 狗妈妈的产后护理

（1）确定狗狗生产完毕后，可将狗狗的外阴部、尾部及乳房等部位用温水洗净、擦干；更换被污染的褥垫及注意保温。

（2）有的狗妈妈产后因保护孩子

的天性而变得很凶猛，所以，刚分娩过的母犬，最好要保持 8～24 小时的静养，陌生人切忌接近，避免发生咬人或吞食幼犬的后果。

（3）刚分娩过的狗妈妈，一般不进食，可先喂一些葡萄糖水，5～6 小时后补充一些鸡蛋和牛奶，直到 24 小时后正式开始喂食。此时最好喂一些适口性好、容易消化的食物。一周后逐渐喂较干的饲料。

（4）注意狗妈妈哺乳情况，如不给幼犬哺乳，要查明是缺奶还是有病，及时采取相应措施。泌乳量少的狗妈妈可喂牛奶或猪蹄汤、鱼汤和猪肺汤等以增加泌乳量。

（5）有的狗狗母性差，不愿意照顾幼犬，应当强制它给幼犬喂奶。对不关心幼犬的狗妈妈，还可以采取故意抓一只幼犬，并使它尖叫，这可能会唤醒狗狗母性的本能。幼犬刚刚诞生那几天，主人要多察看，避免发生幼犬被挤压的危险。

（6）做好冬季幼犬的防冻保暖工作。

（7）为了刺激幼犬排泄，狗妈妈必须用舌舔仔犬臀部，如狗妈妈不舔，要在幼犬肛门附近涂以奶油，诱导母犬去舔。

（8）母犬产后即进入子宫的复原、排出恶露的阶段。母犬的恶露是暗红色的，大约经历 4 周，子宫复原完毕，停止排出恶露。产后的 5～6 周才能出现第一次发情。在母犬的分娩和哺乳阶段，最好不要给母犬洗澡，特别是分娩后的几周内；因为洗澡的刺激有可能导致母犬停乳症的发生，并且注意尽量避免其他因素的刺激。此时的食物要营养均衡，注意蛋白质、维生素、微量元素的保证。

十二、新生狗宝宝的护理

出生 1～7 天——小狗双眼紧闭，这时要经常察看，避免狗妈妈压伤小狗。

出生一周后——天气好可把小狗抱到阳光处与狗妈妈一起晒晒太阳。

出生 7～14 天——小狗才能睁开眼睛，此时要避免强光刺激，以免损伤小狗眼睛。

出生 20 天后——可在奶中加入少量米汤、蛋黄。此时可给小狗剪第一次趾甲，以防止小狗在吃奶时抓伤狗妈妈的乳房。

出生 25 天后——可以再掺入一些肉汤、菜汤。

出生 30 天后——遇到晴朗天气，让狗妈妈带着小狗到院内（前提是你有院子）活动半小时。注意保温，防止感冒。

出生 45 天左右——可断奶。

注意：

狗宝宝在出生至一半个月期间要注意保温、防压、吃足初乳。

要注意发育情况。最好定期称重，一般小狗出生后 5 天内，每日平均增重 50 克左右；在 6 至 10 天，每日增重 70 克左右；从 11 天以后，母乳开始出现不足，小狗的体重增长速度可能下降，定期称重，可以从体重的变化情况了解狗妈妈的泌乳能力，从而决定是否人工补充奶水。

1. 初乳

刚出生的小狗，要及时地让其吃到初乳，因为初乳中的球蛋白含量很高，这对小狗以后的健康成长很重要。

2. 补乳

如果发现狗妈妈的奶水不足时，需要人工帮助喂奶，现在宠物店及宠物医院都有售给幼犬的专用奶粉，按照说明喂食即可。

3. 给幼年狗狗做免疫是必不可少的

转眼间，狗宝宝已经到该做免疫的时间了。粗心的家长可不要小看免疫的重要性！

免疫时所注射的疫苗都是预防传染性极强的疾病的，并且这些病都是死亡率极高的。免疫的作用就是要最大限度地避免狗狗被传染到。

做免疫的时间也是有讲究的，狗宝宝出生后，从妈妈的初乳中得到一些抗体，而抗体会在狗狗2个月左右消失，所以狗狗8周大时是免疫的最佳时间！

4. 狗狗常用的疫苗种类

最常用的疫苗品牌：荷兰英特威、美国富道、法国维克以及国产的疫苗。

最常用的疫苗种类：犬窝咳疫苗、进口犬六联疫苗(预防犬瘟热、传染性肝炎、腺病毒、副流感、钩端螺旋体和细小病毒)、进口犬七联疫苗(六联加冠状病毒)、狂犬疫苗。

5. 正确的免疫程序

狗狗出生8周，第一次六（七）联疫苗注射。

狗狗出生11周，第二次六（七）联疫苗注射。

狗狗出生14周，第三次六（七）联疫苗注射。

如果疫苗中不含狂犬疫苗，应在狗狗3个月龄时单独注射。你的小喜乐蒂经过这个最初的免疫计划后，以后要做的就是每年注射一针六联疫苗和一针狂犬疫苗。

6. 给幼年狗狗做驱虫

幼犬在2～3个月时，常会出现腹泻的现象，这很可能是内寄生虫性肠炎。一般由蛔虫、钩虫、绦虫或者球虫引起。由于幼犬肠腔小、蛔虫等寄生虫多，造成幼犬腹泻，消瘦，甚至吐虫子，粪便中可见虫卵。个别幼犬可引发小肠套叠、脱肛。

驱除体内寄生虫可以用汽巴杜虫丸或者德国拜耳内

Tips:
小狗身上容易沾上脏的东西，开始狗妈妈会随时舔去，但大一些以后就不管了，需要有人经常给他们擦拭和洗澡，2～3天一次。

虫逃。

汽巴驱虫：

从出生到3个月——每2周服食一次。

从3个月到1岁——每2个月服食一次。

1岁以上——每3至4个月服食一次。

当发现小狗大便有虫时，就要每两星期服食一次，直到大便没有虫，才根据上表按时服食。

服药方法：

早上将汽巴连同少量狗粮让爱犬服食，大约8小时后再让小狗正常进食。其间一定要保证饮水充足。

十三、给喜乐蒂牧羊犬做绝育

如果，你不希望让自己的狗狗生儿育女，那么绝育是最好的方法。不要认为这是不人道的，绝育手术对于宠物来说绝对是益处多多。专家及宠物医生建议为宠物做绝育的原因是，它可避免狗狗因发情而到处乱尿尿；公犬发情时不听主人的话而走丢；母犬因生产而带来痛苦及疾病；随着年龄增长，众多生理疾病的到来。

绝育手术的恰当时机

（1）首先是在狗狗身体发育停止之后。

（2）身体健康状况良好。

（3）不在发情期。

（4）天气不要过冷或过热。

十四、舒适的老年生活

喜乐蒂牧羊犬只有十几年的生命，但是时间过得好快，你的宝贝已开始进入了老年阶段。它不会再像以前那样欢蹦乱跳惹人烦了，也不会因无聊而搞破坏了。可能只是安静地坐在你身旁或是时不时突然来袭的疾病，但是，不管它变成了什么样，你都会一直陪在它的身边……

一般来说，狗狗在8岁以后就逐渐步入了老年，身体各器官逐渐老化，体质也变得越来越差。因此，对老年犬的照顾更要加倍。

（1）食物：因为老年犬的消化能力开始减弱，牙齿也开始松动，所以要换成易消化的老龄犬狗粮。

（2）运动：狗狗也会因年龄增长而骨质脆弱，所以要避免剧烈运动。减少跳跃和快跑，避免疲劳。

（3）营养：补充钙质及各种维生素，科学的营养添加才是正确的。

（4）体检：建议在狗狗进入老年期后，每间隔一段时间就做一次全面的身体检查，防患于未然。

第四章

疾病，再强壮的大象都会得，再健康的狗狗当然也躲不开。这章讲的就是喜乐蒂牧羊犬的健康标准以及常见疾病的知识。看过之后，再碰到此情况，作为主人的你们也会心中有数。

喜乐蒂牧羊犬的常见疾病

一、健康的喜乐蒂牧羊犬标准

体温应保持在37.5℃～38.5℃范围内。
呼吸数为每分钟15～30次。
心率在每分钟90次左右。

1. 健康的狗狗应具备

（1）耳道清洁无臭味。
（2）眼睛明亮有神，干净无眼屎，结膜呈粉红色。
（3）鼻头潮湿发凉（睡觉时稍干）。
（4）口周围洁净，口内无异味，黏膜（牙床和舌等）湿润、光滑呈粉红色。
（5）牙齿洁白（4～6个月幼犬乳牙脱落长出永久齿）整齐，咬合正常。
（6）经常摆动尾巴。
（7）肛门紧紧闭合，没有附着秽物。
（8）被毛清洁，有光泽，无过分脱毛。
（9）四肢要坚实有力，走路自如。
（10）体格骨架强壮，肌肉结实，身体表层皮肤没有硬块。
（11）腹部触感柔软，没有胀气感。

2. 喜乐蒂牧羊犬生病前的10个征兆

宠物也会经常患病，要正确判断自己所养的宝贝是否患病，必须对它的生活和精神状态认真观察，尽早发现，及时治疗。狗狗生病的几大特征如下：

（1）精神沉郁懒动，嗜睡，食欲比平时减退，躲在暗处。
（2）频繁饮水，呻吟。
（3）12小时内三次以上呕吐。
（4）粪便恶臭，稀软带血。
（5）触摸体表时出现疼痛感，或对主人的抚摸发怒。
（6）行走异常，步态不稳或瘸行。
（7）频繁摇头或用前、后肢不停地抓挠身体固定部位。

（8）流鼻涕或眼泪，鼻镜干燥。

（9）间歇性抽搐痉挛，伴有泡沫性呕吐、倒卧等症状。

（10）嗜食异物、杂物。

当你的喜乐蒂牧羊犬出现以上任一症状时，切不可掉以轻心，应及时观察或送往医院救治。

二、五官疾病

1. 眼部疾病

如发现眼睑红肿、眼睛周围有外伤、眼珠不能自由移动、左右眼流眼泪等，说明狗狗眼部有毛病了，需及时治疗。

（1）结膜炎

①病因。单纯结膜炎是由各种刺激所引起，如异物、鼻泪管闭塞、药物、外伤等因素。也可继发于各种传染病的过程中。

②诊断要点。本病的症状主要有结膜充血、疼痛、眼角流出分泌物，其性质视结膜炎的病情而异。有的呈浆液性，有的呈黏液性或黏液脓性。排出的脓性分泌物常把上下眼睑粘合在一起。有时炎症波及角膜，引起角膜溃疡。

③治疗。第一，对于单纯性结膜炎，可用2%～3%硼酸水或0.1%雷佛奴耳溶液清洗患眼，如果渗出物已减少，可用0.5%～1%硫酸锌溶液点眼，雷佛奴耳溶液冷敷。疼痛剧烈的可用2%盐酸可卡因液点眼；第二，对化脓性结膜炎，应在小心清洗患眼后，涂以四环素眼膏、金霉素眼膏等。

（2）白内障

①症状。观察眼底，如发现发白混浊，则可怀疑为白内障。白内障在眼睛混浊的同时，伴有以下异常：

狗狗东碰西撞，摇摇晃晃；

狗狗对投过来的球或玩具经常接不住；

狗狗对声音格外害怕、警觉，不愿去陌生的地方。

②治疗和愈后。现在医疗还不可能将混浊的晶状体完全治好，但可以通过药物抑制其发展。另外，当混浊严重、出现视力障碍时，可以通过手术将晶状体摘除。对狗狗的生活方面不会有太大问题，但是晶状体摘除后，聚焦会出现问题，因而处于视物不清的状态。

2. 口腔疾病

如口水增多、食欲减退及牙龈出血等。

（1）牙周炎

牙周炎是涉及牙周即龈缘、齿周袋、齿周韧带和齿槽骨的急性或慢性炎症过程。

①诊断。症状为口臭、流涎、齿龈红、肿胀、变软、萎缩、牙根暴露、牙齿松动，齿龈处可见脓性分泌物或挤压齿龈流出脓性分泌物。

②防治。在麻醉状态下清除牙斑和结石及食物残渣。对于久治不愈的顽固性牙周炎，应将有关牙齿拔除。术后涂以碘甘油。全身应用抗生素、复合维生素B、烟酸等。

③预防措施。要经常进行口腔和齿的检查，用纱布定期清理牙垢，饲喂固体食物。

（2）口腔炎

口腔炎按炎症的性质可分为卡他性、水疱性和溃疡性口炎，以卡他性口炎较多见。

①病因。最常见的原因是粗硬的

骨头、尖锐的牙齿、钉子、铁丝等直接损伤口腔粘膜，再继发感染而发生口炎，其次是误食生石灰、氨水、霉败饲料、浓度过大的刺激性药物，再是继发于舌伤、咽炎或某些传染病。

②诊断要点。病犬拒食干性食物，喜食液状食物和较软的肉，不加咀嚼即行吞咽或咀嚼几下又将食团吐出。唾液增多，呈白色泡沫附于口唇，或呈牵丝状流出。炎症严重时，流涎更明显。检查口腔时，可见粘膜潮红、肿胀、口温增高，感觉过敏，呼出气有恶臭。水疱性口炎时，可见到大小不等的水疱。

溃疡性口炎时，可见到粘膜上有糜烂、坏死或溃疡。

根据病史、病因和临床症状即可确诊。

③防治措施。a.消除病因：拔除刺在粘膜上的异物，修整锐齿，停止口服有刺激性的药物。b.加强护理：给以液状食物，常饮清水，喂食后用清水冲洗口腔等。c.药物治疗：一般可用1%食盐水，或2%～3%硼酸液，或2%～3%碳酸氢钠溶液冲洗口腔，每日2～3次。口腔恶臭的，可用0.1%高锰酸钾液涮口，唾液过多时，可用1%明矾或鞣酸液洗口，口腔粘膜或舌面有糜烂或溃疡时，在冲洗口腔后，用碘甘油（5%碘酒1份，甘油9份），或2%龙胆紫或1%磺胺甘油乳剂涂布创面，每日2～3次；对严重的口炎，可口衔磺胺明矾合剂（长效磺胺粉10克，明矾2克～3克，装入布袋内），或服中药青黛散，都有较好的疗效。

3. 耳部疾病

犬的耳朵需要每个月定期检查一次，方法是将狗放在桌上，一人用手将狗固定，另一人检查耳道，正常耳道内，表面干净只有少量耳垢，耳垢若太多或一团毛塞住耳道，将耳垢或毛团清除。

健康的耳朵是耳道温暖略带腊味，若有强烈味道或任何异味，表示耳道有感染，要送宠物医院治疗。

（1）耳道有分泌物

外耳道有分泌物表示有感染，有外耳炎。

①症状。外耳有黑色颗粒，有臭味黑色液体或有黄绿色浓稠分泌物，疼痛，耳翼肿胀。

②病因。疥癣虫寄生或霉菌与细菌感染。

③处理。送医诊治。

（2）耳翼肿胀

耳翼肿胀一般都是耳内血管破裂，血裂聚集形成血液肿。

①症状。狗会摇头、抓耳、歪头，耳翼有柔软流动性肿胀区。

②病因。耳朵受重击或耳朵感染。

③处理。送医治疗，若不治疗血肿块会形成斑痕、收缩，耳翼会变形。

三、传染疾病

1. 犬细小病毒

犬细小病毒病是犬的一种具有高度接触性传染的烈性传染病。犬细小病毒对犬具有高度的接触性传染性，各种年龄的犬均可感染，但以刚断乳至90日龄的犬发病较多，病情也较严重。幼犬有时突然呼吸困难，心力衰竭，短时间内可呈现心肌炎症状而突然死亡。据临床发病犬的种类来看，纯种犬及外来犬比土种犬发病率高。本病一年四季均可发生，但以天气寒冷的冬春季多发。病犬的粪便中含毒量最高。临床上以急性出血性肠炎和心肌炎为特征。

（1）诊断

①根据临床症状，粪便呈咖啡色及番茄酱色且带有特殊的腥臭气味。

②血象变化，红细胞、血色素比容下降，白细胞低于正常值。

③特异性诊断可以最后确诊。目前军事医学科学院研制的犬细小病毒快速诊断盒可以进行最后的判断。

（2）症状

被犬细小病毒感染后的犬，在临床上可分为肠炎型和心肌炎型。

①肠炎型。自然感染的潜伏期为7～14天，病初表现发热、体温可达40℃以上，精神沉郁、不食、呕吐，初期呕吐物为食物，继之为黏液状及黄绿色液体。发病一天以后开始腹泻。病初粪便为稀粥状，随病程发展，粪便呈番茄酱色及或咖啡色，腥臭，排便次数不定，有里急后重的症状。血便后病犬可表现眼球下陷，鼻镜干燥，全身无力，体重明显下降，同时可见眼结膜苍白，严重的贫血症状，该病如不及时治疗可造成肠内容物的毒素吸收中毒，使机体休克，昏迷死亡。

血象变化。红细胞总数、血红蛋白下降、比容下降，白细胞减少。病犬的白细胞数可少至60%～90%（由正常犬的1.2万/立方毫米减至4000个以下）。初期呕吐物为食物，呈黏液状、黄绿色或有血液。发病一天左右开始腹泻。病初粪便呈稀状，随病状发展，粪便呈咖啡色或番茄酱色且伴有血液。以后次数增加，血便带有特殊的腥臭气味。血便数小时后病犬表现严重脱水症状，眼球下陷，鼻镜干燥，皮肤弹力高度下降，体重明显减轻。对于肠道出血严重的病例，由于肠内容物腐败可造成内毒素中毒和弥散性血管内凝血，使机体休克，昏迷死亡。肠炎型犬细小病毒病病犬若能得到及时合理治疗，可明显降低死亡率。

②心肌炎型。多见于40日龄左右的犬，病犬先兆性症状不明显。有的突然呼吸困难，心力衰弱，短时间内死

亡；有的犬可见有轻度腹泻后而死亡。

（3）治疗原则

应用抗体，抗菌抗病毒，消炎止血止吐；清理胃肠，调解胃肠功能，对症治疗。

①早期应用抗体。应用犬细小病毒单克隆抗体、免疫球蛋白、二联王、强力犬康、二联高免清等特异性疗法进行治疗，越早治疗效果越好。

②对症治疗。补液、止血、止吐、抗菌消炎，防止继发感染。可用必佳抗菌、恩利、炎毒120、天祥复克、氧氟沙星、头孢曲松钠、猫心灵、抗炎止痢饮等进行对症治疗。病犬常因拉稀、脱水而死，因此补液是治疗本病的主要措施。输液中要严格控制输液量和输液速度，注意心脏的功能状况，否则易造成治疗失败。当病犬表现严重呕吐、腹泻时需纠正脱水、电解质紊乱和酸碱平衡，可静注乳酸林格氏液，25%葡萄糖液、盐酸山莨菪碱注射液，每日2次。

③口服补液法。当病犬表现不食，心率加快，如无呕吐，具有食欲或饮欲时，可给予口服补液盐，任犬自由饮用或深部灌肠。

④输血疗法。可输白蛋白和氨基酸，配合中药调理如犬细小病毒防治1号、犬细小病毒防治2号与犬细小病毒防治3号。

⑤方剂。白头翁15克、乌梅15克、黄连5克、黄檗5克、郁金10克、诃子10克，置于灌中，上方加水1000克，煎沸，取汤汁候温灌服，每日一剂，如病犬呕吐过于剧烈，可在灌服前2小时左右先注射胃复安注射液，如脱水严重，应辅以输液治疗。

2. 犬瘟

犬瘟必须尽早由医生治疗，如果不幸感染病毒，在患病的初期使用免疫血清和抗菌药可以彻底治愈。不论是住院或在家中医治，都需要为它准备一个温暖干燥的环境。最重要的是，在幼犬期间就应该带爱犬接受预防接种，流行期间避免外出，千万别接触到病犬及其排泄物、呕吐物。

本病目前尚无有效的药物治疗办法。一般情况下采取特异和对症疗法，防止继发感染，减少死亡。患病早期在皮下或肌肉注射抗犬瘟热高免血清可收到较好效果。血清用量每公斤体重2mL～3mL，连续应用2～3天。为控制继发感染可选用广谱抗生素治疗，如卡那霉素、红霉素、氯霉素、庆大霉素等。为改善循环、防止脱水，应大量补给葡萄糖溶液和电解质。配合消炎、解热药物。同时采用强心、利尿、止血药物进行综合治疗，为保护胃肠道还可口服鞣酸蛋白和次硝酸铋。

犬瘟热是一种常见的高度接触性的病毒性传染病，主要是呼吸道感染病毒引起的。致死率很高，到了病程的中后期治疗非常困难。现在一般的采用血清抗体治疗在病程的早期有一定的效果，一旦到了病程的中后期效果就十分差，此时可采用输液疗法和使用大剂量的抗生素、镇静药、抗病毒药。另

外要加强护理，眼睛使用抗生素眼药水点眼，鼻腔也使用一些抗生素使其湿润即可。

治疗：先锋霉素1支/次，每日3次；病毒唑2支/次，每日3次；维生素C1支/次，每日3次。

护理：每日喂给葡萄糖水，适当放少量食盐，另外在水中加入板蓝根冲剂，每次应少量，次数适当多，可每隔2小时为一次。如抽搐厉害时可注射镇静药，或口服安定（人剂量的1/3～1/2）。眼药水每日使用7～8次。但若已经到了中晚期，就很难取得良好的疗效。

3.犬传染性肝炎

本病是由犬传染性肝炎病毒引起的一种急性败血性传染病。主要侵害1岁以内的幼犬，常引起急性坏死性肝炎，在临床上常与犬瘟热混合感染，使病情更加复杂严重。本病几乎在世界各地都发生，是一种常见的犬病。

病初病毒主要存在于病犬的血液中，以后在各种分泌物、排泄物中都有大量病毒，并排出体外，污染外界环境。病愈后还可从尿中排毒达6～9个月之长。因此，病犬和带毒犬是本病的传染源。健康犬主要通过消化道感染，也可经胎盘传染。

该病毒抵抗力相当强，低温条件下可长期存活，在土壤中经10～14天仍有致病力，在犬窝中也能存活较长时间。但加热能很快将病毒杀死。

（1）诊断要点

①流行症状。犬不分品种、性别、季节都可发生，但以1岁以内的幼犬和冬季多见。

②临床特征。初期症状与犬瘟热很相似。病犬精神沉郁，食欲不振，渴欲明显增加，甚至出现两前肢浸入水中狂饮，这是本病的特征性症状。病犬体温升高达40℃以上，并持续4～6天，呕吐与腹泻较常见。多数病

犬剑状软骨部有痛感。急性症状消失后7～10天，部分犬的角膜混浊，呈白色乃至蓝白色角膜翳，称此为"肝炎性蓝眼"，数日后即可消失。齿龈有出血点。该病虽叫肝炎，但很少出现黄疸。若无继发感染，常于数日内恢复正常。

根据上述流行症状和临床症状，可以做出初步诊断。最后确诊有赖于病料的实验室检验，如病毒分离、荧光抗体染色及其他特异性检验。

（2）防治措施

①平时要搞好卫生，严禁与其他犬混养。

②尽早隔离病犬，并用高免血清或成年犬血清治疗，每天1次，每次10毫升～30毫升。此外，每日应静脉注射50%葡萄糖液20毫升～40毫升，维生素C250毫克或三磷酸腺苷15毫克～20毫克，每日1次，连用3～5天。口服肝泰乐片。要节制饮水，可每2～3小时喂1次5%葡萄糖盐水。

③预防注射。

四、皮肤病

喜乐蒂属于牧羊犬，因为治疗皮肤病的大都是伊维菌类药品，但是此类药物会导致牧羊犬因过敏而危及生命，所以，牧羊犬患皮肤病了，在接受治疗时要尽量去信得过的宠物医院。

凡能引起犬皮肤瘙痒、脱毛、结痂和皮肤异常变

化的疾病统称为皮肤病。犬的皮肤病病因复杂，种类繁多，防治难度较大，其中一些还可传染给人。

1. 发病情况

犬皮肤病一年四季均可发生，但以夏、秋季多发，寒冷的冬季少发。犬皮肤病主要为螨病和真菌性皮肤病，且大多数还是螨虫和真菌的混合感染性皮肤病。螨病中常见的螨虫有蠕形螨、疥螨和耳痒螨，真菌性皮肤病主要为小孢子菌、石膏样小孢子菌和须毛癣菌感染。此外，犬皮肤病中尚有过敏性皮肤病、营养缺乏性皮肤病等。

2. 病因和症状

犬皮肤病在临床上主要表现为剧痒、脱毛、结痂、皮肤肥厚以及患部出现红斑、丘疹等变化，症状十分相似，应注意鉴别诊断。

（1）犬蠕形螨病

由犬蠕形螨寄生于犬皮肤的毛囊和皮脂腺内引起。正常情况下，犬体表也有少量蠕形螨存在，当机体抵抗力下降时，大量繁殖，引发疾病。病初犬颜面两侧皮肤潮红、充血，继之脱毛并形成许多皱褶，然后扩散到额部、背部、胸腹甚至全身。严重时，身体大面积脱毛、浮肿，出现红斑、皮脂溢出和脓性皮炎。

根据病史和临床症状可建立初步诊断，对由螨虫、真菌引起的传染性皮肤病，可采用皮肤病诊断液进行诊断。

（2）犬疥螨病

本病病原为犬疥螨，传染性较强，主要通过接触感染，过度拥挤、阴暗、潮湿等较差的卫生条件会加剧疾病的发生和发展，人接触病犬也可感染。检查发现，虫体主要寄生于耳尖外侧、尾根、脚爪、口周围及眼圈等皮薄毛稀的部位，病变也多发生于此，严重者可扩散至全身。表现为剧痒，不断抓挠啃咬，患部脱毛、结痂，耳壳边缘、尾根、脚爪处皮肤增厚，密布糠麸样厚痂。

根据病史和奇痒、脱毛、结痂等临床症状可建立初步诊断。确诊用皮肤病诊断液，方法同蠕形螨病。

（3）犬耳痒螨病

病原为耳痒螨，主要寄生于犬耳道内，有时也爬到

身体其他部位引起局部损伤，有高度传染性。

临床上主要表现为耳道发炎、充血、耳道内有多量红褐色或灰白色分泌物，并有腥臭味，耳壳内侧潮红糜烂，犬不断抓耳挠腮，或用头磨蹭地面或笼壁，体表散布拇指盖大血痂并形成脱毛区。

根据病史和临床症状可建立初步诊断。确诊也可用皮肤病诊断液。

（4）犬皮肤癣菌病

又称癣，是由皮肤癣菌对毛发、爪和皮肤等角质组织引起的真菌性皮肤病，病原主要有犬小孢子菌、石膏样小孢子菌和须毛癣菌等。潮湿、温暖的气候，拥挤、不洁的环境以及缺乏阳光照射等是引起本病的主要诱因。本病主要表现为大面积严重脱毛、瘙痒，体表散布红色丘疹，脱毛区覆盖油性厚痂，刮去痂皮裸露潮红或溃烂的表皮，严重者形成溃疡。随着病程延长，患部出现色素沉着，毛根易脱，毛干易断。

本病与葡萄球菌性毛囊炎、蠕螨病等症状相似。

①直接检查毛发。从炎症部位拔毛或取断裂毛发或取伍氏灯下有荧光的毛发，置于载玻片上，滴加几滴10%～20%氢氧化钾，加盖玻片，作用30分钟或稍微加热15秒，待样本透明后，检查真菌孢子或菌丝。

②真菌培养。将毛发等病料接种于皮肤癣菌试验培养基或沙氏培养基上，于25℃下培养，皮肤癣菌的生长中使DTM变红，或根据沙氏培养基上菌落的颜色和形态以及显微镜检查进行鉴定。

（5）犬过敏性皮肤病

如湿疹、荨麻疹等。湿疹是表皮和乳头层由致敏物质所引起毛细血管扩张和渗透性增高的一种过敏性炎症反应，临床上以患病皮肤发生红斑、

丘疹、水疱、脓疱、糜烂、结痂及鳞屑等皮损，并伴有热、痛、痒症状为特点。荨麻疹是皮肤乳头层和棘状层血管渗出液增多的一种过敏性疾病，临床以患病皮肤突然发生许多圆形或扁平的疹块和迅速消散，并伴有皮肤瘙痒为特点。引起犬过敏的因素有昆虫的叮咬、阴暗潮湿的环境、烈日暴晒、刺激性药物、营养失调、代谢紊乱以及机体内在的一些过敏因子等。

根据病史调查、饲料检查，以及皮肤的特异性变化和比较明显的临床症状，进行诊断。

（6）犬营养缺乏性皮肤病

本病有一定群发性，多由于饲养管理不当、消化吸收障碍导致某些维生素、微量元素缺乏而引起。如犬食物单一，或长期饲喂高蛋白、高脂肪食物，或饲喂变质食物等可造成维生素C、维生素B以及硒、钙等缺乏。患病犬被毛干枯，毛易断易脱，皮肤表面有豆粒大或拇指盖大小的出血斑，皮屑增多，痒感不明显。

对营养缺乏性皮肤病，主要根据病史和临床症状进行诊断。

五、外出时要避免受到的伤害

1. 骨折

导致骨折最常见的原因是车祸，或是从高处跌落，被挤压时也会造成骨折。和骨折类似的是脱臼。两者的区别是骨折的狗会拖着断肢走，而脱臼的狗狗患肢不敢着地，以三肢跳着走。无论骨折还是脱臼，狗都会疼痛不已，有时还会躺在地上发抖。这时要进行基本的外固定，然后抱着狗狗赶快去附近的医院治疗。

2. 大出血

无论是外伤造成的大出血，还是内脏的大出血，对狗狗都是极其危险的。

急救时要压迫出血点减少出血量，清除污泥，简单包扎后速送医院急救。因为有的伤口需要缝合，这在家里一般是无法做到的。

3. 窒息

小狗狗特别容易因为吃了什么小东西造成哽塞，严重时窒息造成缺氧死亡。

当看到狗狗使劲伸脖子，不停地用前爪抓嘴和脖子时，就可能是梗塞了，这时可以轻拍它的背帮助它吐出来。如果无效就只能抱到医院请医生帮助了。

有时大狗狗也会被骨头等塞住喉咙，同样很危险，尽快送医院。

4. 中毒

狗狗吃了腐败变质的食物、或者药品，特别是大型狗吃了被药死的老鼠时就会中毒。

症状是上吐下泻，抽筋，萎靡不振，哀叫，这时候最好能知道中毒的原因，带着狗狗去医院时好告诉医生，做到对症下药。

5. 休克

无论是什么原因造成的休克，都要进行必要的抢救再去医院。

这时的狗狗四肢冰冷，呼吸急促。把狗狗平躺，帮助它呼吸，方法是模仿人工呼吸，将它的嘴合起来，向鼻

孔吹气，同时按摩它的胸腔。狗狗稍微有一点好转后把它送到医院查明休克的原因，做相应的治疗。

6. 晕车

晕车不能算病，所造成的后果也并不严重。当狗呕吐时就可能是晕车了，让它安静下来，休息一会儿就会适应。有的狗狗晕过几次车后就再也不会晕车了。对于有晕车习惯的狗狗在出行前不要进食和饮水，并提前服用晕车药。

7. 体外寄生虫

体外寄生虫主要是体表的跳蚤和犬蜱。

可用福来恩滴剂、非泼罗尼滴剂等，外用，滴于皮肤。

注意：给狗狗用药时，请勿吸烟、饮酒或进食；用药后，用肥皂和清水洗手，不要在被毛干以前触摸动物；用药前及使用后48小时内不要用洗毛精给动物洗澡；10周龄以下幼犬请勿使用。

第五章

漂亮、优雅的喜乐蒂牧羊犬有着丰厚、飘逸的毛发。经常会因为不当的梳理及洗澡而造成对喜乐蒂毛发的伤害，那么如何护理才是正确的呢？怎样才能使我们的喜乐蒂更加光彩夺目？

喜乐蒂牧羊犬的美容

喜乐蒂牧羊犬是典型的双层被毛，并拥有四种色系——雕色系（sable）、三色系(tri-color)、云石色系(blue merle)、黑色系（bi-color），且不同色系喜乐蒂牧羊犬的被毛毛质和长短也是有些区别的。雕色系的外层毛质最粗硬，而其他色系则是底绒较为丰厚，所以，为喜乐蒂牧羊犬美容前要注意不同类型不同对待。

一、被毛护理

护理被毛，当然最主要的就是洗澡和梳理两大步骤了。

洗澡之前要对被毛进行彻底的梳理通顺。遇有打结处，一手按住毛根处的皮肤，以免给狗狗造成拉扯的疼痛感，一手用排梳从毛根处轻轻地向毛尖处一点一点地梳通。梳理的过程中把毛发深处脱落的死毛也要一起清理出来。

1. 洗澡

洗澡是狗狗保持洁净、健康被毛必不可少的环节。有规律的洗澡和梳理对被毛的帮助非常大。要注意，频繁洗澡会导致被毛变得非常干燥，严重的还会造成皮肤病的生成。对于喜乐蒂牧羊犬，在不是非常脏的情况下，每个月洗澡一次是比较理想的。

目前市场上有很多种犬类专用浴液。询问专业宠物美容师或是饲养者，让其推荐一些适合喜乐蒂牧羊犬粗糙毛质的浴液。

洗澡步骤：

（1）用 38℃ 左右的温水将喜乐蒂牧羊犬从头到脚淋湿，注意不要让狗狗的耳朵进水。

（2）浴液可分为全身可用浴液及白毛部分的专用浴液。

（3）冲洗要充分，不要让浴液的泡沫残留在毛发中。

（4）用专用吸水毛巾擦拭狗狗的全身。

（5）不要因为喜乐蒂牧羊犬浓密的毛发就懒于吹干，长期如此可是诱发皮肤病的重大元凶哦。

Tips: 洗澡前的准备

喜乐蒂牧羊犬浓密的底层绒毛会因脱落的死毛以及静电或是毛发干燥，很容易出现打结状况，如果在洗澡前未将打结处清理开，那么在毛发粘水后打结处就会纠缠得更死，最后只能将此处从根剃掉，所以，洗澡前的毛发梳通是很重要的。

2. 梳理

专用美容梳种类很多，有的价格还很贵。可依据正确用法和个人情况来选择。

（1）工具

排梳、圆柄梳

（2）梳理步骤

①以从后向前，从下往上的顺序梳理。

②确定先梳理的部位，一手自下向上的把毛掀起，另一手用柄梳从露出的毛根处一层层的向上梳理。

③重复以上方法梳理身体部位的毛发。

④围脖处的毛发，用柄梳由前躯爪部上方自下向上梳理，直到脖颈后方。

⑤臀部两边的毛发各向斜下方梳理。

⑥顺着尾部的毛发生长方向梳理。

⑦用排梳梳理四肢的腿部饰毛。

喜乐蒂牧羊犬的梳理过程

二、面部的护理

1. 眼睛

健康的狗狗眼睛应该是干净而明亮的，不会没理由的流泪，也没有过分的分泌物。

洗澡后，用宠物专用洗眼水滴入狗狗的眼睑内，再用沾有洗眼水的干净棉签将眼边的分泌物擦掉。

3. 牙齿

长期吃狗粮的狗狗患牙病的几率很小，口腔也是比较清洁的。经常吃肉食或是跟人吃饭的狗狗，它的牙齿会有不同程度的问题，这会大大影响它的消化机能，更会损坏狗狗的健康。牙齿有牙垢或有食物渣滓残留在牙缝间，也会引起口腔细菌滋生。

为了保护狗狗的牙齿，应该定期为它去除牙齿缝间的杂物，并用生理盐水浸湿的布条或是专用宠物牙膏来擦洗牙齿。

如何清洗口腔和牙齿：

（1）让狗狗慢慢适应，不要强制清理。

（2）将狗狗口腔打开，用淡盐水或是犬用牙膏来擦拭牙齿。

（3）擦完后，要好好夸奖爱犬，不要让它对此产生恐惧。

Tips:

预防齿病，最好是避免形成牙垢，平时要适当变更食物，不要喂过多湿软食物。可以给犬啃骨头清洁口腔，通过骨头对口腔的摩擦达到清洗的作用。硬饼干、干食品或是特制的胶制"犬玩具"让犬咬也可以达到清洁目的。

2. 耳朵

洗澡后一定要给狗狗清洁耳道，因为在洗澡过程中，如有水流进狗狗耳道内没有得到及时清洁，那么细菌的滋生将是必然的。

如何清理耳道：

（1）翻开狗狗的耳道，用沾有滴耳油的棉棒清理耳垢。

（2）向耳内滴入 2 ~ 3 滴耳朵清洁剂。

（3）松开狗狗的耳朵，轻轻从外部按摩耳部，使清洁剂彻底遍布耳道。

（4）按摩后放开犬头，它就会自己甩出污物了。

（5）用棉签擦拭耳道内部，但不要伸入太深，以免伤到内耳。

（6）用化妆棉擦净狗狗的外耳即可。

Tips:

狗狗的耳道成"L"形，如果没有定期清洁分泌物很容易就附着在外耳道和弯处，很容易产生病变。如果不注意，在短短的2个月时间内双侧耳道就能因为外耳道皮肤增生而发生完全堵塞。因此从小清洗耳道对于狗狗的耳道疾病预防至关重要。

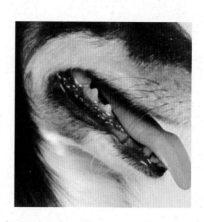

三、足部护理

1. 修剪趾甲

　　每次洗澡前后给狗狗修剪趾甲即可。趾甲如果过长，会影响狗狗的脚部骨骼，狗狗在走路、活动时会感到疼痛，出现弓背走路、脚趾骨骼外张。

　　（1）趾甲的构造

　　狗狗的趾甲因色素原因有的是黑色的，有的是透明的，所以剪趾甲时，应注意黑色趾甲要一点一点地剪，剪到有个暗色的圆点处就要停止啦！因为再深处就是血线位置了。

　　（2）工具

　　趾甲钳、锉刀。

　　（3）趾甲钳的使用方法

　　一只手握住狗狗的脚部，分三四刀修剪成圆弧形。最后用锉刀修圆滑。

　　如果不小心剪到血管处，应立即将止血剂涂抹到伤口处止血。

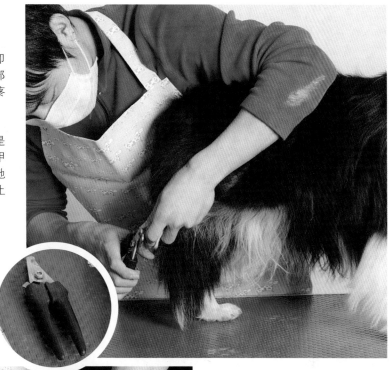

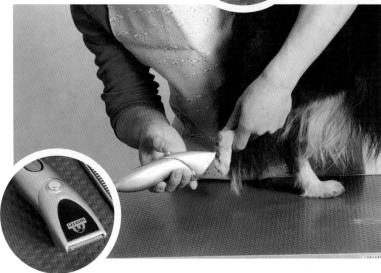

2. 修剪脚底毛

　　长毛犬的脚底长有绒毛，长时间不修剪，脚底毛很容易沾上脏物，狗狗在玩耍时，也会因脚底毛过长或过多而打滑、绊倒受伤，所以一定要定期为狗狗修剪脚底毛。

　　（1）工具

　　小剪刀或是家庭用便携式电剪。

　　（2）方法

　　将狗狗的脚趾掰开，露出脚底毛，小心地拿小剪刀或家庭用便携式电剪去多余毛发，注意千万不要伤到狗狗的脚趾。

93

四、清理肛门腺

清理肛门腺的目的是为了把肛门囊内的残余物挤出，避免产生恶臭和发炎。如果狗狗肛门腺处已有炎症，那么就需要到宠物医院接受治疗了。

清理肛门腺最好在给狗狗洗澡前做，这样挤出的污物可以及时洗净。

清理肛门腺的方法如下：

1. 将狗狗尾巴向上翻起，使肛门突出；

2. 将手指放在狗狗肛门边的四点八点处挤压。手法一定要注意，由内而外，由轻到重；

3. 经常吃肉的狗狗需要经常清理肛门腺。

如果腺体已经被阻塞了一段时间，分泌物会像牙膏一样挤出，而不是喷出，通常只用轻轻挤压它们便可流出来。如果犬的肛门腺不好挤，就需将食指和拇指放到腺体下面稍靠后的部位，轻轻向上向外挤压。

正常的分泌物呈浅黄棕色，浓度从水样物到膏状物都有，并伴有恶臭。如果分泌物中带有脓血，说明已被感染，要尽快看医生。如果你能摸到堆积物，但挤不出来，则说明肛腺已堵住，必须尽快就医处理。遇到这种情况，狗狗的表现为无精打采，拒绝进食或便秘。

定期检查肛门部的液囊，多长时间清理一次取决于每只狗狗的情况，有的一月一次，而有的两三月都不会有积结，还有的根本不需清理。小型种类的狗比大型狗易阻塞，可能是由于它们吃的食物比大型狗软且多，从而产生更坚硬的物质。

94

第六章

喜乐蒂牧羊犬在接受训练中一定会让你惊喜不断，因为天资聪慧的喜乐蒂牧羊犬是非常热爱学习和易接受的，服从主人下达的命令就像做游戏一样使它快乐，几乎所有的训练它都能胜任，夸张地说：只有你想不到的，没有它做不到的！

喜乐蒂牧羊犬的训练

Tips:

每日短时间地训练更具效果。例如，与1天1次每次20分钟相比，1天2次每次5～10钟，更有效，不要使狗狗感到厌烦，要让它感觉就像是在做游戏。

训练中要注意：

1. 初次训练很难集中狗狗的注意力，这时则需要有耐心，绝不能打骂狗狗，不要操之过急。

2. 每次能有效地完成规定的任务后，立即给狗狗奖励是最好的办法，比如夸奖、爱抚、好吃的或是玩具等。

3. 反复地训练能加深狗狗的记忆。过急地训练会导致狗狗产生抵触情绪而且逃开。因此，不应一日内就要求狗狗学会，要一日复一日地进行复习。

4. 如果不能让狗狗感觉到训练是快乐的，那么就不能达到预期的训练目的了。

方法如下：

（1）如呼唤它能及时前来，则立刻称赞及奖励它。

（2）若叫它的时候，它不过来或者是跑走，千万别动怒追打，顺其自然，过些时候再叫。

（3）尽量在自由活动时，让它和你保持不超过10米距离范围内。

（4）如果它稍微远离你时，就要招呼它回来，并予以奖励。

一、服从训练

顾名思义就是让狗狗学会服从主人的命令。这不仅有利日常护理如洗澡、梳理、修剪趾甲及喂药等得以轻松顺利地进行，而且能使狗狗和你更加融洽地生活在一起，并可更好地避免一些意外事故的发生。因此，所有主人都应该对自己的狗狗进行服从训练。

1. 坐下

最好在安静的地点进行训练，方法如下：

（1）发出"坐下"的口令和手势，同时用手在它的臀部使力压下去，这样保持几秒钟，立即夸奖狗狗，并加以奖励方式。

（2）如此几次，当你再发出口令和手势后，即使你不去给它臀部施加压力，狗狗也会大致明白地坐下了。

（3）记得每次动作后要及时奖励狗狗。

2. 过来

此项训练可在散步的时候进行，

3. 趴下

"趴下"命令适用于给狗做清洁、体检的时候，也可让其保持安静。

（1）食物引诱法

①用左腿抵住坐着的狗，左手拇指扣住项圈，右手拿着食物，放到狗的鼻尖。

②慢慢地把食物移到狗的前爪，狗的眼神会追随食饵。

③当狗呈现"趴下"的姿势时，才把手放在狗的背颈上引导它，发出"趴下"的口令，完成动作后就给予表扬和食物鼓励。

④左手放在狗的颈背以防止其逃跑，右手示意"趴下"手势，同时发出"趴下"的命令，逐渐延长趴下的时间，重复这个动作，动作正确就奖励。

（2）协助法

①让爱犬坐下，主人站在它的后面环抱着它的后背，保持坐着的姿势。

②双手抓住它的前腿，稍稍往上抬。

③将抬起的前腿慢慢往前移，一边命令它"趴下"，一边继续向前移动它的腿，直到爱犬的腹部贴到地面为止。

④如果爱犬做到"趴下"就给予奖励和表扬，逐渐让它延长趴下的时间。

4. 等待

等待的命令可制止狗的行动，控制狗的兴奋和冲动，方法如下：

（1）用食饵吸引它的注意力。

（2）当爱犬就要坐不稳时，可将手举过狗的头顶并说出"等着"的命令。

（3）当它坚持坐了一会儿后，你要给它表扬和奖励。

解除坐姿之后，重复等待的动作，训练过程中要给予充分表扬。

二、技巧训练

1. 握手

确定狗狗已经非常熟悉的完成坐下的动作以后才进行握手的训练。

（1）先命令狗狗坐下，当它完成动作后，请轻抬起你的左手或右手，同时喊"握手"口令。

（2）口令的同时我们抓起狗狗的一只前爪，并夸奖狗狗和给予奖励。

（3）重复施行，几次后，狗狗听到口令会主动抬起前爪。

（4）待爱犬能体会并听从握手口令，即完成了。

（5）应每天重复训练，训练时切记勿操之过急和一个动作未熟悉马上又教另一个动作，这是训练中的最大禁忌。

2. 跳

这项训练比较激烈，训练之前应

先了解你所饲养的犬种，是否能接受这种运动量。如吉娃娃、博美、北京犬等玩具犬就不适合这种训练。对于善于跳跃的犬只来说"跳"的训练并不困难，只要让狗狗感觉到训练是游戏，那过程就容易得多了。

（1）找个低而矮的障碍物，给狗狗戴上牵引绳由主人牵引一同跨越过去，并同时发出"跳"的命令。

（2）低矮的障碍对狗狗来说很容易，所以以下次就可以命令它在障碍物的一方站好，主人走到障碍物的另一方，招呼狗狗过来，等到爱犬要跨越的时候发出"跳"的命令。

（3）学会了这种命令以后，慢慢地把障碍物的高度增加，每天练几回，做到了就马上予以夸奖。

（4）当障碍物增高到某一种高度，狗狗可能不听使唤越过障碍物，而由障碍物的旁边跑过来，此时应严厉地说"不行"或"no"，并且把它带到原来的地方重新试。还可以用食物或玩具来吸引它。

此项训练，也可以把跳高改成跳远，一条水沟，一块木板等都是绝佳的好材料，因材施教，但应量力而为，你总不能奢望一只小贵宾犬能超越一只德国牧羊犬跳过六尺的高度，那是不合理的。

3. 衔取

这项训练是狗狗们最喜欢的，因为这正是和主人玩耍的一种游戏的方式，而且狗狗对这项训练熟悉后，你还可以向它下达命令来帮助你捡拾物品，它将会成为你不可多得的助手。

（1）把狗狗带到比较清静的地方，右手拿着狗狗感兴趣的又易捡拾的东西，发出"咬住"的命令，紧接着将手里的东西在它面前摇晃，重复"咬住"的命令。

（2）当狗狗咬住物品时，给予奖励，稍后发出"吐"的命令，待狗吐出物品时，给予充分的奖励。反复练习，使狗狗完全熟悉"咬住""吐"的口令。

（3）接下来把物品在狗狗面前晃几下，立即抛出去，手指向物品，同时发出"咬住"的口令，令狗狗去捡拾东西，如果它不去，则应诱导它过去，重复抛出和手势的动作，当狗狗前去咬住物品时，发出"过来"的口令，狗狗过来后给予奖励并发出"吐"的口令，待狗狗吐出后给予奖励。

其中，如果步骤1中诱导的方法效果不是太好，你可采用强迫的方法，也就是让狗坐在你的左侧，右手拿着物品，左手轻轻扒开狗狗的嘴，将物品放进去，再用右手托住狗的下颚，同时发出"咬住"的口令，轻抚狗的头部，给予表扬。当狗狗试图吐出物品时，发出"吐"的命令。重复口令，直到狗熟悉为止。

三、改掉坏习惯

1. 扑人

　　狗狗为了表示亲密，会有向主人奔扑的习性，这种行为有时会弄脏衣服，令主人觉得困扰。甚至有客人来访时，狗狗也会习惯地扑上去表示友好，但是会令客人害怕，主人也觉得很尴尬。

　　矫正的方法是：对奔扑上来的狗狗，主人不予理睬，头转向一边，同时严厉地说"不"或"no"，几次后，狗狗因此会觉得没意思而放弃这种行为。也可以在狗狗跑来的同时主人弯曲膝盖抵挡，狗狗会因膝盖磕碰而疼痛，反复进行几次以后，狗就会因此得到教训而不再奔扑。

2. 乱咬东西

　　狗狗喜欢咬家具等东西，主人发现时应该立即制止，同时严厉地说"不"或"no"。

　　狗狗喜欢咬东西是有它的理由的，幼犬对四周的东西充满着好奇心，把所有物品当作它的玩伴。其次幼犬在出生后3~6个月，乳牙要转变为永久齿的时候，特别喜欢咬东西，牙床发痒以致所有的家具、墙脚都无一幸免。也有不少成年狗狗因为精力旺盛、体力充沛而无处发挥，尤其是自己独自在家时只有乱咬东西才不至于无所事事。作为主人在看到狗狗总是犯这样的错误时，除了责骂及打屁屁的方法之外，还应检讨自己是否做到：

　　（1）狗狗进入家庭时，在初期应限制它活动的范围，不该碰的东西要收好，更要它从小明白不是所有的东西都是它的玩具。

　　（2）如发现它毁坏家具，鞋子等物品时一定要及时制止，不要惯纵。

　　（3）给它专用的玩具，例如市售的牛皮制假骨头、绳编球等。

　　（4）定时带它外出散步及保持一定的运动量。

　　如果做到了这几点，你的狗狗会改掉乱咬东西的陋习的。

3. 乱吃东西

　　狗狗天生嗅觉灵敏，在外出散步时总喜欢边走边嗅，甚至还要捡些东西吃，这样不但不卫生，易感染寄生虫，甚至还会因吃到腐烂、有毒的食物而危及生命。因此主人要遵照下列方法来矫正狗狗的乱吃东西的坏习惯：

　　（1）主人要在平时就注意不要随便把吃的东西丢到地上，如发现狗狗低头捡食要立即制止。

（2）除了食盆中的食物，一概不可以让狗狗食用，应予以"不行"的制止命令，或轻打它口吻以示警告。

（3）你还可以在家里或路上故意放点它所喜欢吃的东西，然后带狗狗从食物旁边经过，它会就近取食，这时主人应立刻制止，发出"不"或"no"的口令。依照这种方法多次实验，场所没有一定的限制。这个练习必须在食物还没有被狗狗入口以前就要制止，等到入口再制止就已经来不及了。

以上的方法，可以一步步地实施，例如改换场所、改变食物等方法训练。狗狗习惯成自然后，才能确保安全无虑。

四、敏捷训练

狗狗的敏捷训练在国外盛行多年，此项运动的魅力就在于，虽在训练中却能使主人与爱犬乐在其中。敏捷训练是有固定的障碍与规则的。它能测试主人与爱犬之间的默契，还有狗狗的服从度、灵敏性以及速度。

1.训练的重点
（1）乐在其中

从事犬只敏捷障碍训练时，最重要的一点就是让爱犬觉得这个受训过程是件快乐的事。主人也要和爱犬一样，抱持着"乐在其中"的心情，一起进行训练。

（2）赞美使狗狗进步

狗狗很可能会因为失败和些许不情愿而感到气馁，主人也会因此而烦躁，当然也就不能乐在其中了。这时，主人需正确地指导狗狗克服困难或恐惧，并经常对狗狗的成功表现给予赞美和奖励。

（3）服从是基础

进行敏捷训练前应先使狗狗学会基本的服从口令，才能进入正式的训练。因为敏捷训练时要解开狗狗的牵引绳让它自由行动，因此若不会基本的"等"、"过来"口令，也就无法更好地进行后续的训练。

> **Tips:**
> 训练中，有些狗狗会产生恐惧，所以主人要尽量和狗狗一起跨越障碍，这样可以减轻狗狗的顾虑，跟随主人的脚步。

2. 训练的项目

(1) 天桥

天桥是要训练狗狗往上攀爬不惧怕、勇往前进的能力。大部分的狗狗刚开始都会因恐惧高度，以至于走到一半就不敢继续下去，训练时必须克服这一点。

(2) 跳栏

狗狗本身就有跳跃的能力，不过开始的时候主人要带领狗狗跳跃过去，因为大多数没有受训的狗狗会从旁边或下面钻过去。

(3) 蛇笼

是一道帆布材质，用金属圈支撑起来的通道，约3米～6米长，可以训练狗狗的胆量。

(4) 跷跷板

就如同一般所见的跷跷板，狗狗要先从其中一边上去，并且从另外一端下来，狗狗前进到跷跷板中间时要等待一下，当板子的另外一端着地之后才走下来，也有些狗狗会在板子上下不停摇动时因恐惧而跳下来。

(5) 跳圈

这是一个综合跳高、跳远并有准确度的训练项目，狗狗必须从圈圈当中跳过，而不可以从旁边绕过来。

(6) A字板

A字板的坡度约有45度左右，比起天桥还倾斜很多，而且到了顶端之后又是另一个45度的下坡可以训练狗狗爬上下坡的能力。

(7) 软隧道

和蛇笼有一点类似，不一样的地方在于出口的地方是没有支架撑着，狗狗可能会因为另一端没有光线而惧怕。

(8) 摆杆

是由10到12根直立的塑料杆构成，狗狗要能够左右交错行进，漏掉其中任一根都不行，这是要考验狗狗的速度以及敏捷力。

(9) 跨越

这是由4块长条矮木块间隔拼成，狗狗必须要一举跳跃4块木块。遇到这一障碍项目，狗狗有可能就从旁绕过，或是当狗狗跳远能力不够时，就有可能把木块踢倒。

3. 敏捷赛的历史由来

狗狗敏捷赛至今已有29个年头了，第一次出现在1978年的狗展，刚开始用于服从训练的中场休息时间中的娱乐活动。后来发展到参考赛马的障碍赛项目和规则，创造出狗狗的

马赛跳高活动，并且由两组队伍可以互相竞技。

在敏捷赛当中，以时间长短以及精确性来计算分数。

每一个参赛者会领着他们参赛的狗狗征服障碍，与时间竞赛。比赛现场主人和狗狗的表现都会相当的精彩，而且竞争激烈，让人感受到紧张刺激的气氛，因此吸引了大量观众。在国外敏捷运动已经超越了狗狗的单纯比赛，成为一种"人"的运动，甚至可以在电视中看到比赛转播。

（1）分组制度

共分为以下三组：

S（小型犬），肩高低于35cm。

M（中型犬），肩高等于或高于35cm，并低于43cm。

L（大型犬），肩高等于或高于43cm。

（2）比赛规则

开跑之前，会让狗狗停在等待区，由两根红色竿子当基准。当裁判一声令下，开始计时之后，才会让狗狗起跑。一般主人都会先跟狗狗说说话，彼此鼓励加油，让狗狗情绪稳定，然后命令狗狗起跑。

起跑开始就由裁判计时，如果遇到犯规的动作，需要扣分或是重新来一遍。例如狗狗的脚如果没有踩到红色接触区（障碍器材上面红色油漆部分），就要扣5分，但是不必重来。其中大部分的障碍器材都有这项规定。前面提到，敏捷训练测试狗狗的速度以及准确度。另外比较特殊的是，例如桌子，犬只可从平台的三个方向跃上：正方向、左方向和右方向。如果犬只越过平台再从反方向跳

上，将会作出被扣5分的处罚，但不排除被视为从错误方向通过障碍物。摆杆的部分，狗狗必须要从左边的第一格进入，漏掉其中一根要扣分也要从头跑一次。最后的跳远障碍，有狗狗会不小心踢倒障碍，也是扣5分计算。比赛结束后，以时间评比和扣分多少相结合计算总成绩。

另外，在竞赛时要准确地掌握路线，这样才能缩短完成时间。为了让爱犬确实理解，指示必须明确清楚。如果有错时，需在当场立即教导正确的方法，使错误的行动不要残留在爱犬的记忆里。

最重要的是，主人不能以自己的满足来结束训练。过于勉强或放任错误的话，爱犬会将之视为理所当然。爱犬无法做出体力上的判断，因此指导者必须适当掌控，当爱犬消耗80%的体力时即结束训练。此外，每次训练的最后障碍项目应选择爱犬最拿手的一项，以使爱犬保持信心并且喜爱此项运动。

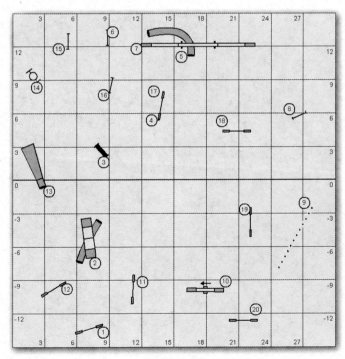

敏捷赛线路图

附 录

犬舍访谈——
"一条狗"的缘分

被访者/果有亮（一条狗犬舍主理人）

问：你怎么喜欢上喜乐蒂的呢？并且一直坚持做纯种赛级喜乐蒂的繁育到今天？

果：一开始是觉得喜乐蒂的外观吸引了我，后来觉得喜乐蒂的性格很好，也很聪明，气质高贵，与人相处非常好，让人一下就能喜欢上它。因为专一，所以专业。因为专业，所以专一。

问：请问你的犬舍具体在什么位置呢？环境怎么样？好像一个好的环境和饲养条件对一只狗的成长是很重要的？

果：我的犬舍在通县，涿州还有一个分舍，专门是养殖区。专门养殖区有七亩左右，还有一个半亩的小犬与怀孕母犬的单独的院子。环境当然很重要，狗狗要保证每天的散步，每天的锻炼。全民健身，我的狗狗们也是。

问：你犬舍的名字很有意思，为什么要叫这个名字呢？

果：狗是人类最忠实的朋友，每个人都应该拥有属于自己的一条狗，一个属于自己的朋友。

问：你的家人似乎也很喜欢喜乐蒂。你对喜乐蒂的喜爱是否有家庭的影响呢？

果：我全家人确实都很喜欢喜乐蒂，很爱喜乐蒂。我对喜乐蒂的喜爱不完全是受家庭影响，而是受喜乐蒂本身的影响，喜欢它的外形，它的性格。

问：有没有参加过什么比赛？印象最深的事情是什么？

果：印象最深的就是廊坊CKU比赛，我的小狗在赛场上当众BB，很有意思，永远忘不了。

问：喜乐蒂这一犬种带给你什么样的感觉？或者说是它给你带来的最大快乐是什么？

果：聪明，高贵，有时还耍小聪明，很可爱。看着他们我就高兴，我看所有的狗我都高兴。我就是喜欢狗，但是最喜欢喜乐蒂，所以才做喜乐蒂的繁殖。

问：你最欣赏的喜乐蒂是哪一只？或者是你最想引进的喜乐蒂？

果：我最喜欢的是我的辛巴，它现在因为车祸尾巴断了，但是我依然很爱它。它很闹，但是很懂事，很小就受了那样的痛苦，我觉得是我的责任，所以需要以后更加好地照顾它。

问：你的"一条狗"犬舍做到今天，请问你对你所售出的犬只究竟有何保证？同时你对喜乐蒂的繁殖理念是什么？

果：我们只做纯种狗的繁殖与销售，我们的犬只全部做犬窝咳疫苗、犬六联疫苗及驱虫，确保健康的前提下才会出售，并且售出一个月内犬死于细小病毒、犬瘟等由于我这里的免疫问题死亡的话，我们会免费让其重新选择一条。治疗费用（没有死亡）我们承担。还有需要说明的是我们只做喜乐蒂这一种狗的繁殖。

问：非常感谢果先生接受我们的采访，如果有些喜爱喜乐蒂的读者想向您咨询问题或是学习一些经验的话，应该怎么联系你呢？可以给我们一个联系方式么？

果：我的网站是www.52xld.com（我爱喜乐蒂），QQ是10774155、747400417，也可以发电子邮件到我的邮箱new588@sina.com

喜乐蒂宝宝
成长记录

记录下喜乐蒂宝宝成长的一点一滴

主人姓名:

地址:

联系方式:

宠物爱称:　　　　　　　　性别:

出生日期:

免疫情况:　是□　否□

肩高:　　　　　　　　　体重:

照片

备注

犬中女王——喜乐蒂牧羊犬

The Queen

出生_____天/月

主人姓名:

地址:

联系方式:

宠物爱称:　　　　　　　性别:

出生日期:

免疫情况:　是□　否□

肩高:　　　　　　　体重:

照片

犬中女王——喜乐蒂牧羊犬

The Queen

备注

出生_____天/月

主人姓名:

地址:

联系方式:

宠物爱称:　　　　　　　　性别:

出生日期:

免疫情况:　是□　否□

肩高:　　　　　　　　体重:

照片

犬中女王——喜乐蒂牧羊犬

The Queen

备注

出生_____天/月

主人姓名：

地址：

联系方式：

宠物爱称：　　　　　　　性别：

出生日期：

免疫情况：　是□　否□

肩高：　　　　　　　体重：

照片

备注

出生_____天/月

主人姓名:

地址:

联系方式:

宠物爱称:　　　　　　　性别:

出生日期:

免疫情况:　是□　否□

肩高:　　　　　　　　　体重:

照片

备注

出生_____天/月

主人姓名:

地址:

联系方式:

宠物爱称:　　　　　　　　性别:

出生日期:

免疫情况:　是□　否□

照片

肩高:　　　　　　　　体重:

备注

出生_____天/月

主人姓名:

地址:

联系方式:

宠物爱称: 　　　　　　性别:

出生日期:

免疫情况: 　是□ 　否□

肩高: 　　　　　　体重:

照片

备注

出生_____天/月

主人姓名:

地址:

联系方式:

宠物爱称: 性别:

出生日期:

免疫情况: 是□ 否□

照片

肩高: 体重:

备注

出生_____天/月

主人姓名:

地址:

联系方式:

宠物爱称: 性别:

出生日期:

免疫情况: 是□   否□

肩高: 体重:

照片

备注

犬中女王——喜乐蒂牧羊犬

The Queen

喜乐蒂宝宝免疫记录表

主人姓名:　　　　　　　**联系方式:**

宠物爱称:　　　　　　　　　性别:

出生日期:

喜乐蒂免疫表	免疫时间	疫苗种类	备注
第1次免疫			
第2次免疫			
第3次免疫			
第4次免疫			
第5次免疫			
第6次免疫			
第7次免疫			
第8次免疫			
第9次免疫			
第10次免疫			
第11次免疫			
第12次免疫			
第13次免疫			

喜乐蒂宝宝驱虫记录表

主人姓名:　　　　　　　**联系方式:**

宠物爱称:　　　　　　　　性别:

出生日期:

喜乐蒂驱虫表	驱虫时间	驱虫药种类	备注
第1次驱虫			
第2次驱虫			
第3次驱虫			
第4次驱虫			
第5次驱虫			
第6次驱虫			
第7次驱虫			
第8次驱虫			
第9次驱虫			
第10次驱虫			
第11次驱虫			
第12次驱虫			
第13次驱虫